L'ÉPI MONSTRE

Du même auteur

Le Traité du bonheur
Court métrage
Service de la recherche de l'ORTF, Pierre Schaeffer, 1962

Jeanne la Pudeur
Prix Fénéon
Julliard, 1964

L'Abominable boum des entrepôts Léon Arthur
Christian Bourgois, 1968

Narimasu
in Catalogue Max Weschler
Musée d'Art Moderne de la Ville de Paris, 1969

Nicolas Genka

L'ÉPI MONSTRE

suivi de la préface de
Marcel Jouhandeau
pour l'édition originale

Préface de Jacques Henric

EXILS ÉDITEUR
2, rue du Regard, Paris VIe

1999

Préface

L'Écrit interdit

ou

De l'imbécillité triomphante (et meurtrière) des ministres de la mort.

« L'artiste qui n'a pas ausculté le cœur de son époque, l'artiste qui ignore qu'il est un bouc émissaire, que son devoir est d'aimanter, d'attirer, de faire tomber sur ses épaules les colères errantes de l'époque pour la décharger de son mal-être psychologique, celui-là n'est pas un artiste. »

Artaud

« Mais puisqu'on ne doit pas dire ce qu'on ne doit pas faire, vite par les dieux ! cachez moi hors d'ici ».

Œdipe-Roi

Voici l'histoire d'un homme, d'un écrivain, qui – puisqu'il a dit, puisqu'il a osé dire ce qu'on dit qu'on ne doit pas faire et pas dire – a été, comme Œdipe, *caché hors d'ici*. Caché hors de la cité, mis au ban de la société, écarté de la communauté des hommes, et son livre brutalement expulsé de ce que Blanchot appelait *l'espace littéraire*. Voici l'histoire d'une parole, d'un écrit, d'une pensée, sur lesquels on a posé, depuis bientôt quarante ans, un bâillon. Voici l'histoire d'un romancier qui, d'avoir dans un ouvrage d'imagination tenu un discours de vérité, a été l'objet d'une vengeance et d'une répression inouïes. Voici l'histoire de *L'Épi monstre*, ce livre qu'un éditeur nous permet enfin de lire, bien qu'à ce jour il reste un livre frappé d'interdit.

Voici aussi, dans le même temps, livrée à cru, une belle tranche de l'inépuisable histoire de ce que Sade appelait « l'imbécillité triomphante ». Cette imbécillité qui hier conduisit l'auteur des *Cent-vingt Journées de Sodome* dans les geôles de la royauté, de la Révolution et de l'Empire ; qui aujourd'hui, au nom de la République française, en notre nom, proscrit un écrivain et maintient son livre à fond d'oubliettes. C'est que ladite *imbécillité* n'est pas le fait de telle ou telle institution humaine, de tel ou tel régime politique, de tel ou tel système social avec ses juges, ses clergés, ses polices, de tel ou tel ensemble de lois et de morales (même si celles-ci souvent l'aggravent et la rendent encore plus *triomphante*) ; elle est le fait de *toute* société, de *toute* communauté humaine, de *tout* Pouvoir, lequel Pouvoir, faut-il le rappeler après Sade, après Artaud et bien d'autres qui en furent les victimes, porte toujours en lui une pulsion meurtrière visant à l'élimination des corps, des esprits, de la pensée et des écrits ; elle appartient intrinsèquement à la bête sexuée et douée de langage, elle est logée au cœur même de l'espèce. Elle y serait indélogeable si de temps à autre la littérature et l'art – c'est là une de leurs fonctions capitales – ne venaient la dénicher, l'exposer aux yeux de tous. Seulement elle se venge, l'*imbécillité*, quand on la débusque et que ses entreprises mortifères sont mises au jour. Nicolas Genka l'a appris à ses dépens. Quel imprescriptible crime a-t-il commis pour avoir déchaîné la haine somnambulique d'un Pouvoir *imbécile*? À quel sacrilège s'est-il livré pour avoir à ce point affolé la loi et avoir été l'objet de représailles aussi assidues ?

Il y a un mystère Genka. Il y a un mystère *L'Épi monstre*. Pourquoi ce roman-là, de cet auteur-là, reste-t-il censuré depuis 1962, date de sa parution, alors que bien d'autres ouvrages de fiction qui avaient été condamnés au nom de la même loi ont vu assez vite leur interdiction levée ? Pourquoi, en un temps où la censure ne cesse de se déplacer, devient moins brutalement frontale, déploie des stratégies offensives plus fines, où Sade, Bataille, Genet, Miller… sont en librairie, pourquoi, *un* homme, *un* livre, restent-ils les objets d'une réprobation sociale et morale, les victimes d'une loi inique ?

Ce mystère est-il si mystérieux que ça ?

Les faits. Décembre 1961 : Christian Bourgois, directeur littéraire chez Julliard, publie le premier roman d'un jeune auteur, Nicolas Genka. Celui-ci avait vingt et un ans lorsqu'il a écrit *L'Épi monstre*; le manuscrit venait d'être refusé par treize éditeurs. Marcel Jouhandeau préface le livre. Cocteau lui décerne le prix *Enfants terribles – Jean Cocteau*. Les critiques littéraires saluent la naissance d'un véritable écrivain.

Juillet 1962 : au nom de la protection des mineurs, le ministère de l'Intérieur interdit *L'Épi monstre*. L'interdiction est annoncée dans le Journal officiel du 13 juillet. Elle s'appuie sur la loi n° 49-956 du 16 juillet 1949 concernant les publications destinées à la jeunesse. L'interdiction est étendue aux traductions à l'étranger alors même qu'en Italie Feltrinelli se proposait de le publier dans une traduction de Pasolini, qu'en vue d'une traduction japonaise une rencontre avait eu lieu à Paris entre Genka et Mishima, que Nabokov avait marqué son intérêt pour *L'Épi monstre*. Malraux, (préfacier de *L'Amant de lady Chatterley*), alors ministre de la Culture, alerté par Genka, laisse interdire. Août-septembre : violente campagne contre Genka dans la presse de droite « La honte de son village ». Sa maison du Finistère est saccagée.

Mai 1963 : l'académicien maître Maurice Garçon, qui sera l'avocat de Genka, publie chez Jean-Jacques Pauvert, à la suite d'une saisie policière d'un ouvrage chez cet éditeur, un *Plaidoyer contre la censure*. Il dénonce une loi scélérate (ancêtre de l'actuelle loi Jolibois du nouveau Code pénal entré en vigueur en 1993) qui, au prétexte de protéger la jeunesse, enfants et adolescents, des publications « démoralisatrices » qui lui sont destinées, est détournée pour frapper arbitrairement des livres s'adressant à des lecteurs adultes. Maurice Garçon insiste sur le fait que ce n'est pas un tribunal qui juge et éventuellement condamne (comme ce fut le cas, au siècle dernier, avec Baudelaire et Flaubert – et faut-il rappeler que *Madame Bovary* et son auteur furent acquittés), mais que la décision est à la merci de fonctionnaires du ministère de l'Intérieur, et que l'ordonnance du 23 décembre 1958 rétablit une censure que « la Restauration elle-même n'avait osé instaurer ». L'interdiction à l'exposition, à la publicité, est une interdiction qui équivaut à une interdiction à la vente du livre et à sa mort pure et simple. C'est cette loi, cette « mesure exorbitante et intolérable, hypocritement dissimulée [...], selon les termes de Maurice Garçon, cette censure plus sévère que celle de l'Empire [...] cet outrage à la liberté de penser et d'écrire » qui a condamné à mort *L'Épi monstre*, qui au fil du temps a réduit Nicolas Genka au silence.

Une saisie du livre, mis en vente à la librairie Maspéro, a lieu. L'ordre sera donné de mettre le livre au pilon. Nicolas Genka travaille à un nouveau roman, *Jeanne la pudeur*, qui paraîtra l'année suivante chez Julliard et qui, soutenu par Aragon et Paulhan, obtiendra le Prix Fénéon.

1964. Des membres de la belle-famille de Genka entament contre lui une procédure en justice. Ses romans ayant été lus comme des autobiographies, il sera accusé d'inceste et d'immoralité. Les interventions répétées de Christian Bourgois auprès des ministres de l'Intérieur, de la Justice et de la Culture successifs, les lettres du 20 octobre et du 12 novembre 1997 de Régine Desforges à Elizabeth Guigou et Jean-Pierre Chevènement sont restées à ce jour sans effet.

Qu'est-ce qu'une loi, qu'est-ce que la loi ? L'inscription dans le domaine juridique du refoulé d'une époque, la marque de l'inconscient d'une société, de *toute* société, mettant en œuvre sous les oripeaux d'une justice transcendante son appareil répressif. Le voile dissimulant la vraie nature du lien social et son hypocrite fonctionnement. Une instance censurante apportant une version falsifiée du *roman familial*, de *tout* roman familial. Le garde-fou mis en place dès que dans la nuit des temps l'animal parlant a été confronté à cette terrible, à cette scandaleuse vérité qu'énonça Empédocle et que rappela Freud : la haine et l'amour vont de pair, ils sont de même nature, mais *la haine est plus ancienne que l'amour*. Les religions, lucides sur ce point, devront au cours des millénaires déployer des trésors d'ingéniosité, inventer de subtiles stratégies pour faire non pas oublier ce fait d'évidence mais pour tenter d'en atténuer les tragiques conséquences. Le christianisme ne fut pas le moins clairvoyant et le moins habile dans cette affaire.

Pour la religion du Christ, qu'est-ce que la loi, la loi qui s'incarne toujours dans *des* lois, dans les lois particulières d'un état – comme cette loi particulière de l'État français qui en 1962 condamna Nicolas Genka et son *Épi monstre* ? Écoutons saint Paul : la loi, c'est ce « ministère de la mort gravé avec des lettres sur des pierres [...] Christ est la fin de la loi ». Alain Badiou, dans un essai récemment paru sur l'apôtre, commente : « La loi pour la vérité surgissante est un principe de mort ». Comprenons-le bien : c'est parce que la littérature est une force de surgissement de la vérité qu'en permanence elle est en guerre avec la mort ; c'est parce que de la vérité a surgi du roman de Nicolas Genka, vérité sans doute insupportable, que le ministère de la Mort, provisoirement incarné en un ministère de l'Intérieur, a lancé son opération d'anéantissement.

Pesons bien les mots, pesons bien ce titre : *Épi monstre*. Épi : de *spicum*, pointe ; inflorescence dans laquelle les fleurs sont disposées le long d'un axe ; partie terminale de la tige de certaines graminées, formée par la réunion des graines.

Monstre : être qui présente des singularités extraordinaires, qui inspire la peur. Comme les employés du ministère de la Mort ont eu raison d'avoir peur devant cet écrit de *pointe* d'où s'épanouissaient en mille *fleurs* (du mal) les mille *graines* de la vérité ! Comme ils ont eu raison de tenter d'empêcher de nuire ce *monstre* qui osait lever le secret de leur petit trafic mortuaire, qui, soulevant une lourde pierre plate, découvrait les grouillants nœuds de vipères de la famille et de la société et y plongeait la pointe de son arme, ce redoutable *épi* de la vérité ! *L'Épi monstre* n'est rien de moins qu'une déclaration de guerre au *parti de la mort*, ainsi que le nommait Stendhal, nous disons, nous, au ministère de la Mort. Mort à la mort ! tel est son mot d'ordre. Saint Paul : « Sans la loi le péché est mort ». Sans le péché la mort est vaincue. Et ce sont eux, les imbéciles triomphants du ministère de la Mort et leurs complices qui sont les pitoyables victimes d'une possession démoniaque. C'est en eux, dans leur *intérieur*, dans le tréfonds de ces policiers affairés, de ces magistrats inquisiteurs, de ces juges en transe, de ces philosophes bavant la *moraline*, de ces ministres affolés, de ces clergés lançant anathèmes et fatwas, que le diable s'est logé et que la mort prépare ses offices. Ce sont ces gens-là, ces forces-là, à la fois sataniques et humaines, trop humaines, que Genka a touchés, blessés, navrés à mort. Via un banal drame campagnard et la misérable saga de trois déclassés, de trois déjetés sociaux, *L'Épi monstre* raconte turpitudes et carnages de l'amour humain. La grande question qui habite le livre, le leitmotiv insistant, obsédant, qui revient sans cesse dans la bouche des protagonistes : « M'aime-t-il ? », « M'aime-t-elle ? » Positive ou négative, la réponse entraîne les mêmes catastrophes. Ne soyons pas surpris que la tragédie individuelle se déroule sur un fond de tragédies collectives (les deux conflits mondiaux du siècle, les camps d'extermination nazis, les guerres coloniales, l'Algérie…) ; elles sont de même nature et ont les mêmes sources. Le temps dans ces affaires ne compte pas : « Nous nous aimons depuis cent mille ans dans la plus hermétique souffrance ». Haine/amour (hainamoration, dira Lacan) : le couple indissoluble, infernal. Morfay aime sa fille Marceline ? Conséquence : « Elle ne répond plus la Marceline. Tu l'as violée, tu l'as tuée. Comme tu as tué sa sœur. Et sa mère. Et ta mère […] Le monde brûle ». Retournant la parole du Christ, le père incestueux s'écrie : « Je ne suis ni la voie, ni la vérité, ni la vie ». *L'Épi monstre* est le récit d'une Passion, à l'envers.

Si le temps ne compte pas, l'espace non plus : « Que leur obsession prenne forme et leur histoire alors s'élargira, se creusera – multiplicité de dédales, ampleur des grands drames classiques ».

Parce que *L'Épi monstre* n'est pas un livre obscène, pas un ouvrage pornographique ; parce que ce roman à la violence contenue est pudique, que son écriture, sèche, nette, visuelle, est au service d'un perception aiguë du réel, qu'elle mêle le tragique au burlesque et suppose l'existence d'une *horreur en soi*, il était logique que les fossoyeurs du ministère de la Mort, tentassent de l'enterrer à jamais.

C'est que le constat de Nicolas Genka est abrupt, sa démonstration implacable. Il renoue avec le geste des grands tragiques grecs : dire la vérité du lien communautaire à partir de la cellule de base qu'est la famille. Aristote : « La famille est le milieu tragique par excellence ». Un père, bourgeois déclassé, ses deux filles, tous trois plongés dans la bouse campagnarde, au milieu d'une population d'ivrognes… guère besoin de plus pour cracher le morceau sur ce qui fait le fond de tout rapport humain, notamment et avant tout sur la relation entre géniteurs et engendrés. Le carnage familial a valeur paradigmatique, c'est le tronc commun de toutes les situations d'effondrement, de tous les désastres, de tous les *crash* historiques. Hiroshima, fours crématoires, massacres ethniques… ne font que le reproduire à vaste échelle. Que nous dit Genka, après Sophocle, Eschyle, Euripide (et Freud en écho) ? Que là où il y a famille, il y a une structure porteuse de crime, d'inceste, de viol, de castration, de folie, de mort.

L'inceste… L'inceste est le motif central de *L'Épi monstre* et, quoique traité avec une énorme délicatesse (qu'on relise, pour le contraste, le volume du *Journal* non expurgé – et, dieu merci, non censuré – d'Anaïs Nin, dans lequel elle raconte avec force détails les ébats érotiques avec son père), il est à coup sûr à l'origine de la trouille des censeurs, hystériquement convaincus que réel, imaginaire et symbolique, c'est du pareil au même, que Sade est nécessairement un nazi, que le mot merde pue, et que Nicolas Genka est un dangereux pédophile incestueux. L'inceste, le tabou de l'inceste, cet interdit sur lequel toute société est fondée… Et si, comme l'a suggéré Sollers dans sa *Guerre du goût* où sont commentés quelques autres abominables individus qui ont nom Laclos, Casanova, Joyce, Faulkner, Miller, Genet, Nabokov, Bataille… et si « le tabou sur l'inceste était celui sur l'écrit » ? Si l'écrit avait la même « fonction traumatisante » que la soudaine levée d'un tabou ? C'est que nous ne sommes plus dans ces temps où un écrivain, Giacomo Casanova, homme libre entre tous, pouvait tranquillement écrire : « Je n'ai jamais pu concevoir comment un père pouvait aimer tendrement sa fille sans avoir au moins une fois couché avec elle [...]. Les incestes, sujets éternels des tragédies grecques, au lieu de me faire pleurer me font rire ». Et si l'espèce, aujourd'hui plus que jamais, ne pouvait supporter de connaître, sans s'en trouver effondrée, ce qui la possède en profondeur et la constitue en tant que communauté humaine ? Alors, oui, Genka, cet immoraliste pas du tout amoral, cet *éthicien* aurait dit Musil, ne pouvait qu'être la victime toute désignée, le bouc émissaire parfait.

L'autre point aimanté et périlleux, lié au précédent, et que frôle sans cesse Genka dans *L'Épi monstre*, est celui de la destitution des pères, de l'effondrement de la fonction paternelle. Effondrement qui va de pair, en Occident, avec celui d'une des grandes religions monothéistes, le christianisme. « Montrez-nous le Père, dit l'apôtre Philippe, et cela suffit ». Genka nous le montre, du moins un de ses actuels avatars : Morfay. Bonjour les dégâts. « Ha ! le père de famille, cet aventurier du monde moderne ! Sacré Péguy ! » raille Morfay. Une de ses filles s'essaie bien au Notre Père. En vain. « Serai-je son père un jour ? » se lamente Morfay. Plus de père, plus de pensée du père. Donc plus de fils, plus de filles. Plus de filiation symbolique. Plus de transmission de la mémoire. Le voilà le vrai *malaise dans la civilisation* dont Genka nous montre qu'il ne s'agit plus d'un malaise mais d'une véritable catastrophe. Les temps qu'annonçait *L'Épi monstre* ne sont-ils pas notre quotidien ? « Viendront les jours en soutanes ouvertes, portant les croix, les tabernacles, l'insolente bimbeloterie, viendront les migrations de philosophes-fabricants, secrétant du voile et de la matière à procès pour gentils rhétoriciens pâles, eux résolument épris de l'*Homme* et très masturbés par son destin [...], viendront les vieillards incendiaires, les poètes flottant sur la soie et l'opium, viendront les amants de la truie, les théoriciens de la fortune, les chirurgiens ès vanité : les lauréats de la révolution ». On est au tout début des années soixante quand ces choses-là sont écrites. Pas si mal vu de la part d'un petit jeune d'une vingtaine d'années, non ?

Les Grecs, eux, pouvaient trompeter de scandaleuses vérités sur des scènes publiques, au beau milieu de la cité. Ce qu'on dit qu'on ne doit pas faire ni dire, et qu'on fait sans le dire – par exemple tuer son papa, coucher avec sa maman, violenter ses filles, violer ses petites sœurs, occire son mari… – eux le disaient. Ils ont pu le dire, pendant un temps du moins, sans être importunés. On pouvait même, ces rudes poètes du mal, les récompenser. Le bon temps ! pourrait se dire Nicolas Genka. Il est arrivé, en effet, que le Pouvoir fût moins bête, les pouvoirs moins assassins. Depuis, hélas, *l'imbécillité triomphante* – disons plus brutalement la *connerie sexuelle*, ou *connerie* tout court, toute connerie étant par nature sexuelle – a étendu largement son aile et son ombre obscurcit terriblement notre fin de siècle et de millénaire. C'est elle, et elle seule, qui a tiré les fils des pantins et sous-pantins du ministère de la Mort. C'est elle, et elle seule, qui leur a fait expédier Nicolas Genka et son *Épi monstre* dans un cul-de-basse-fosse. C'est elle, et elle seule, qui leur intime l'ordre de les y laisser pourrir.

Mais voilà qu'aujourd'hui ses calculs sont déjoués. Voilà que ces âmes hypocrites, pusillanimes et salisseuses, ces hommes de faible densité que la connerie habite, voilà qu'ils sont défaits. Ils avaient gagné une bataille, ils sont en train de perdre la guerre. Comme leurs semblables l'ont perdue devant ceux qu'ils ont tenté de faire taire, devant Baudelaire, Flaubert, Barbey d'Aurevilly, Joyce, Lawrence, Miller, Pasolini, Nabokov, Calaferte, Hardellet, Guyotat… Ce livre qu'ils ont voulu enfouir à jamais, le voici. Vous l'avez entre les mains. Quant à Nicolas Genka, il est loin d'être mort. Il vit. J'en témoigne. Il vit retiré et solitaire dans un coin de Beauce, et si depuis bientôt trois décennies il n'a plus publié, pour ne plus être un enjeu de vos misérables commerces et vous oublier, craignez le pire : il écrit.

Jacques Henric

L'étranger eût pu demain déplorer que dans le camp des romanciers de langue française il ne s'en soit trouvé aucun pour apercevoir la révolution qui s'avance, et, au nombre des lauréats de celle-ci que propageront ces philosophes et rhétoriciens en colère, distinguer les toxicomanes, les prostituées, les prêtres homosexuels, les amants de la truie, alors que c'est l'enfance de la littérature.

Nicolas Genka,
Lettre à Marcel Jouhandeau

L'Épi monstre *de Nicolas Genka, publié en 1962, sera malgré la préface en forme de bénédiction de Marcel Jouhandeau le seul roman des éditions Julliard à être interdit et retiré de la vente.*

Jean-Claude Lamy,
René Julliard

à Renée ma sœur, châtiée en mon nom comme en celui de Marceline, ces pages que la Lettre du Voyant *ramène à la maison du Juch devant l'infini servage de la femme.*

« … je lance un coup d'archet : la symphonie fait son remuement dans les profondeurs, ou vient d'un bond sur la scène. »

Première partie

1.

Un point s'enferma dans l'œil du silence. Ce jour-là. Presque aussitôt le train repartit, le linge se mit à battre ; et ce fut le premier orage avant l'été.

Le point grandit. Il ne venait pas droit sur la Vallée, comme un avion ou comme les minutes ; vacillait-il ? Non, il semblait danser toutefois ; il dansait.

Miséricorde… suivrait-il le tracé de la route ? Savoir, savoir… – voilà-t-il pas qu'il faisait presque nuit maintenant ? On eût dit que, fuyant la zone où la foudre se ruerait – poursuivi, dépassé par les charbons tragiques de l'orage – il espérait gagner ici la sécurité des blés verts (déjà livides) puis les arbres, puis les bicoques de Querlas, derrière.

Explicite, il y eut un éclair. Un éclair coupa le point, régla la chose : une paire de silhouettes. Des hommes. Plutôt : un homme et une fille jeune. Le couple originel.

Le couple : lui grisonnant, elle, blonde. Blonde à foison. Dix-sept ou quinze ans – seize, quoi.

Ils couraient, ils fuyaient la pluie. À grasses enjambées. Ah ! Les jambes de Marceline se disputant les blés pubères ! –

Les démons… ils se souriaient comme nous autres. Entre eux bringuebalait la malle – la malle de pension. Il arrivait que Marceline lâche la poignée. Pour que la malle aille frapper les cailloux, dur. – Hein, sa revanche ? Mathématiques, trois sur vingt. Géographie, cinq. Leçons non apprises. Paresse. Zéro. Trois. Cinq. Des dons. Sept. Peut mieux faire… Mais la pionne. Mais les cabinets. La fièvre à l'infirmerie… *Peut faire mieux.* Pouah !… Et pan, la malle ! Pan, dans son cœur ! Pan, pour *Lui !*

Lui ? Le mutisme. Les cheveux mal teints. Son pé. *Son volain pé.* Sa vie, quoi… *Viens me chercher, on ne fout plus rien, c'est la fin de l'année* solaire. Elle avait écrit *solaire* – l'étourderie – comme elle avait écrit ailleurs : *je suis morte de soleil.* Obscurément il se disait : « Ma fille a des absences. Sa mère. L'hérédité. Enfin… tout à fait ce qu'il faut pour me suivre où je veux aller », la question étant d'y aller avec quelqu'*une,* avec la complice, sinon l'esclave. Mieux : *le jouet vivant.* Ce qu'il entendait, lui, par là.

Et puis ici le linge bat, le ciel est noir. On imaginerait la fin : tout est dévasté, les gosses, le bétail courent, les poteaux électriques s'écroulent et les maisons crépitent dans les chicots rouges des incendies. Subsistera-t-il quelque mare où se noyer avec *elles ?*

Ces visions… il est pour ces visions. Terriblement présentes. Prêtes à le servir. Car sa devise, son prétexte : « D'abord mon génie. »

Son génie… Les paysans courent à travers plaine. Il ne les a pas écrasés. Mais il est devenu le sage, le mage, l'intellectuel de la buvette. De toutes les buvettes… Attention, il les a séduits pendant la guerre, parce qu'il y a eu la guerre aussi. Des fusils dans les matelas, des cartouches dans les cheminées – de quoi faire sauter la maison. Il avait eu son clan de maquisards, il était devenu l'idole. Cela pouvait servir, une fois la paix retrouvée. Ces amis-là verseraient à boire, on paierait avec de vieux souvenirs. Puisque la bêtise est au monde, pourquoi ne pas l'écouter et l'aimer, vivre à ses frais aimablement ? Ce qu'il appelait vivre, d'ailleurs, c'était, plus précisément, faire la vie, veiller tard devant un litre de rouge, traduire les nouvelles étrangères au bourg, politiquer avec ces corniauds en leur prouvant qu'ils étaient le pain du monde, et terminer par une de ces cuites qui le ramenait jusqu'à sa maison, roulant de-çà, de-là, pissant, gueulant sur le silence métallique... Sa méthode pour les conquérir ? Il avait voulu ce héros à leur portée. Son secret ? De « seigneur des lieux » qu'il avait été (Pan !... Pan !... « La petite garce... »), il était devenu communiste – *on l'avait vu* devenir communiste. Il faut des dieux partout ; l'auréole du communisme vaut bien celle de la syphilis et l'on sait que ces deux mots-là, chuchotés, font le bruit du sang.

Le village fut à ses pieds. Sa maison, du reste, dominait le paysage : spacieuse, d'un bloc seul comme une tour, un rosier accroché à la façade, elle trônait, sur quelque colline avoisinante, dans un cercle de bois et de nuages. Ils appelaient çà « le château ».

Du temps de sa mère, une catholique aux gants de fil noir que le chagrin d'amour avait menée à faire construire, loin de la ville où son cœur s'était déchiré, cette baraque dans les bois, on l'appelait « le fils Morfay », ou, plus brièvement, Maurice. Morfay sonnait beau. La dame aux gants noirs n'étant plus, ce fut Morfay.

Une goutte... deux... Merde, ils arriveraient trempés. Et alors ? Ils se feraient sécher au bourg, non, ça ne serait pas plus mauvais ? Un bon verre... Puis la fille serait belle comme ça, toute mouillée, avec ses grands cheveux et ses yeux dedans !... On ferait le tour de la bistrote et le tour de la boulangère, on pousserait même – hein, tant qu'on y est ? – jusqu'à chez le charcutier. On montre ce qu'on a, tiens, « ça c'est du beau, c'est de la belle fille ! » et « vous ne l'avez pas vue depuis la fois dernière. » Des arguments pour quelques verres...

Bon Dieu, cette malle à trimbaler, on aurait pu la laisser à la consigne. Ces machins-là c'est fait pour vous donner la soif...

Marceline piaffe. L'orage se fait. Les nuages chauds se bloquent, la pluie leur coule dans le cou. « C'est dégueulasse », bougonne-t-il. « C'est bon », se crispe-t-elle. À tel point qu'on les croirait opposés. Quant à la malle, ils ne sont d'accord qu'en apparence : « On courrait la main dans la main. » (Marceline) « Je la verrais courir devant. » (Morfay) – Lui préfèrerait-il le vin ?

Éclairs en arbres renversés, feuilles de foudre, la flotte... – ils sont au village, sauvés.

– Attendons que ça passe, dit le père.

– C'est beau l'orage, dit la fille. Et puis en elle-même : « Idiote, c'est pas ça qu'il fallait dire. »

Ils entrent à la buvette.

– Morfay ! assaille une voix qui l'oblige secrètement. Alors tu l'as r'trouvée ton fille ? Tonnerre, c'qu'ale a changé !... – Ça va, Marce ? bougonne le valet plus doucement – c'est un rude, il a de la timidité.

Elle rit parce qu'il n'y a rien à faire d'autre, tiens : « Moi, ça va. » Marce lui plaît à elle ; Marce, cela fait garce, c'est le passé en pleine figure.

– Anna, braille le gars, viens voir un peu !

Et zou, la fête recommence. Anna s'approche, les coudes brillants de savon. Elle porte sabots et fume la gitane. Le mot de passe : « Lessive »… – elle est blanchisseuse aussi –, les mots d'amitié : « Mes côchons ! »

– Allez vit' v' sécher 'la cuisine. Qué qu'vous sert ?

– Sais pas, grimace Morfay. – Anna, riposte automatique :

– Un *rouche.* – Toi ?

Marceline regarde son père. Et, résolument :

– Un rouge.

– Ça c'est du fille, hein ? confesse le valet de ferme pendant qu'ils se sèchent dans la cuisine.

– V'frottez pas trop, l'a d'l'instruction, prévient Anna. C'est pas d'la gosse à fermiers.

– Son sœur, l'est ben d'chez nous p'rtant, fait l'autre qui regarde un rêve. C'est du beau fille, t'pareil.

– Pour ça, Guillaut, y'a rien n'dire, souffle la grosse. Mais l'est pas tellement d'chez nous. L'va jamais au bal, jamais nulle part. T'l'temps à travailler ses champs. P'têt' qu'l'aime pas les hommes, ricane-t-elle, et comme étonnée après coup des « Hé la, p't'êt bien ! » qu'elle avance en se farfouillant l'entre-cuisses. D'mandez donc à m'sieu Morfay. – M'sieu Morfay ! crie-t-elle à travers le bistrot, est-ce qu'l'aimerait pas les hommes, vot'fille ?

– D'abord, qu'est-ce que vous pensez, vous ?

Les hommes l'aiment-ils ? toise Morfay placidement de la cuisine. (Dérouté cependant : « Cette question… Sacrée bonne femme… ça faisait longtemps… »)

– Y'en a… fait seulement le valet.

« Tant mieux, philosophe Morfay, tant mieux. Une fois ça a foiré… Ça finira bien par marcher, j'espère ! » La voix haute :

– Ma fille les aime, naturellement.

Et seulement pour voir la tête qu'ils feront :

– Il s'agit bien de Marceline ?

– Hem…

« Qui a fait hem ? » s'interroge Marceline en regagnant la salle :

– Qui a fait hem ?

– Personne, dit le vacher.

– Personne ? répète Marceline, sûre de son mépris. Et elle vide cul sec son rouge, en torche les moustaches d'un coup de doigts.

– P'pa, on r'part.

– Attends l'éclaircie ? arrange-t-il.

– Nan.

Le ton est net, la nuance meurtrière. Il n'y a pas à insister. Morfay se compose un œil maussade. L'autre œil se plisse en direction d'Anna et de Guillaut : « L'âge ingrat… ça lui passera. »

Mais quand Marceline a dit non, son sperme, survolté, lui a battu les reins. Sans doute est-elle morte aussitôt, cette étincelle – essayons voir ? Rien. Dommage… Le père croit savoir qu'il a été heureux. Sans Morfay, c'est à dire sans lui-même, peut-être le serait-il encore. Mais quelle histoire compliquée…

Ils repartent.

(Guillaut paie.)

2.

Mauda les attend sur la porte, les manches roulées aux coudes sur de beaux bras gonflés au lavoir – elle profite du temps noir pour blanchir le linge et Marceline en rapporte là bien pour dix lessives.

Dès qu'elle les aperçoit, elle plonge sous le robinet ouvert du ciel, bêtement veut les étreindre, les débarrasse enfin et, la malle sur les épaules – blonde comme sa sœur et plutôt exaltante avec ce chignon d'or écrasé sous la malle, sa musculature de biche adulte craquant autour des bras levés –, elle les précède en courant jusqu'au vestibule. Ce n'est rien. C'est un geste qui voudrait réconforter. C'est Mauda, la serve et la haute.

Sans prendre le temps d'assister aux retrouvailles de ses filles, Morfay monte se changer. Marceline et Mauda restent face à face. Regards morts. Mauda – petite toux – demande la clef du « nécessaire ».

– J'ai quelques affaires à prendre, miaule sourdement Marceline. D'ailleurs, laisse, ce n'est pas pressé.

– Si : je fais la lessive en ce moment.

– Oh ! la lessive, la lessive ça peut attendre.

Mauda, geste des épaules : « Comme tu voudras. » Elle se retire. « Ta porte ! » lui crie Marceline.

Restée seule, elle prend sa glace de poche, recoiffe hâtivement ses cheveux riches, secoue le peigne de tous côtés, éclaboussant le papier des murs et le parquet : « Mau passera le chiffon. » La maison acquiesce…

Sonnent les six heures du soir qui s'étonnent : « Tiens, te voilà revenue ? » Bruisse la pluie aux persiennes et dans les gouttières : « Rappelle-toi, rappelle-toi… » « Que fait le pé ? » s'irrite-t-elle. « Il a dû s'assoupir chez lui, dans les mansardes. Ou bien s'est-il enfermé dans les cabinets pour une heure ou deux en compagnie d'un magazine. Oui, s'exaspère-t-elle, il a gardé mes illustrés. Je ne peux tout de même pas aller le surprendre, je sais qu'il apprécie trop ce moment. Sapristi, que cela m'agace. » Elle joue à être furieuse ; ce petit jeu de sentiments complète en soi la volupté de la maison dans le soir, la lumière gonflée de pluie, et la certitude qu'un bon livre, une bonne lampe, la feront regagner, sans anicroche, le cercle supra-familier.

Maintenant, son emploi du temps. Le plus urgent : retirer de la malle la bouteille de liqueur, le paquet de cigarettes, les lettres de son cher papa. « Les lettres c'est comme les serviettes hygiéniques, on ne les laisse pas traîner. » – Ensuite, l'expédition chez Mauda. Lui faucher quelques culottes, une robe, en l'honneur de ce grand été.

Vers sept heures *le souper.* Portes et fenêtres sont rouvertes, l'orage est cantonné dans un coin de l'horizon.

La campagne reste stupide, assommée ; discrètement les

bois protestent, les aubépiniers dévastés s'accablent mutuellement : « Tu n'as plus une fleur !... » « Et toi, tu ne t'es pas regardé ? »

Vient la nuit. À cette heure la maison bâille, les buffets s'ouvrent sur une rumeur de vieux pain, la vaisselle commande. Morfay, relancé plusieurs fois de suite par ses filles, descend lourdement l'escalier, enveloppé d'une odeur de tabac et d'excréments, à la main les journaux de Marceline.

Il éclaire la salle à manger :

– Tu t'abîmeras les yeux, à lire dans le noir.

Elle cajole :

– Pa, rends-moi mes petits bouquins... Et la première page ? Qu'est-ce' t'en as fait ?

– Je me suis torché avec.

– Flûte alors, ma page de jeux !

– Fiche-moi la paix si tu veux bien.

Vautré sur sa chaise, les coudes devant l'assiette, le journal ouvert dessus, il parcourt les mièvres lectures de sa fille en se roulant des cigarettes dont il bloque la fumée puissamment en ses poumons.

C'est ce que l'on appelle un grand fumeur. Le manque de tabac le rendait fou pendant la guerre ; il envoyait promener tout le monde, mère, femme, filles – pas de pitié pour les témoins de sa déchéance ; enfermé dans les mansardes, il hurlait, exerçait sa rage sur les meubles, déchirait les édredons avec les dents, et l'attention de sa mère au désespoir, un paquet de tabac à priser qu'elle s'était procuré au prix des petits sacrifices d'amour-propre qu'on devine, avait eu le don de l'exaspérer davantage, à tel point que la pauvre dame à moitié morte avait dû faire mobiliser quelques costauds de la région qui le maintiennent sous des robinets d'eau froide :

haute épreuve pour la tendresse maternelle. Un jour, trompant la surveillance de ses gardes, il s'était échappé dans le pays, s'était amusé à bombarder de pierres une institutrice du bourg qui voltigeait à bicyclette, insouciante du soir et des buissons de satyres. Elle n'avait pas jeté le cri de la femelle possédée mais, touchée à la jambe, elle avait fait trois galipettes malheureuses dont elle n'était pas même décédée. C'était le premier scandale Morfay.

Celui-ci n'allait pas sans origine ni sans assise, le débat de la protection de l'enfance ayant, devant la communale, montré le bonhomme dans sa tour. Goguenard, il avait d'abord laissé dire. Alors que sa mère et sa femme s'entredéchiraient dans leurs environs, Mauda sa fille aînée était en âge de travailler : onze ans, tout de même. Il lui avait donc exposé, pendant de longs mois, diverses théories sur la manipulation des outils de jardin. Un argument obsédant par exemple, c'était : « Nous n'avons pas les moyens d'acheter un tracteur. » Ce « nous », du reste, avait exalté la gamine. Elle avait fait ses premières armes avec papa. Cheval, charrue, bêche, purin, il y avait tout ce qu'il fallait pour commencer – impérieux, le « pour commencer ! » Durant les « séances de labourage » (la séance ouvrait en principe au petit jour), il arrivait que le fouet se trompe de destinataire. C'était Morfay qui tenait le fouet. Le cheval, animal noble, a le sens du partage et de la fantaisie : Mauda lâchait la charrue pour frotter ses jambes sanglantes et le cheval – il n'aimait pas que l'on s'excite de la sorte, à tout bout de champ – s'en allait « aux myrtilles », emportant la charrue. Mauda ayant connu la dure école et les lectures commentées de l'*Émile* à onze heures du soir entra bientôt dans la carrière. « Cultivateur ? Le plus beau métier de la terre. » Le père la laissa voguer. Mais il se retrouva bien seul à la maison puisque la veuve du capitaine Étienne Morfay, en ancienne directrice de collège de garçons, avait fait mettre Marceline dans une pension « serrée ». La dame exigeait que des deux « oiselles francoboches » l'une soit « digne au moins du père titulaire des deux bachots ».

Morfay n'osa pas aller contre sa volonté en retirant la gosse de pension. Qui satisferait son vice, ce besoin constant d'une compagnie, d'un « jouet vivant ? » Il souffrit, il but. Plutôt encore souffrir de solitude que de travailler avec Mauda. Ç'aurait été nuisible à sa formation, à la petite. Boire était réconfortant. Il continua. Puis il trouva la politique. Puis il politiqua. Puis les paysans l'adoptèrent qu'il avait conquis. Il les aima. Les beuveries succédèrent aux cuites. Aimer l'homme à travers ce qu'il a de plus grossier. Avoir les joues charnues et le menton luisant de graisse. Casser la croûte sur les canapés du salon. – Il se mit à écrire un roman pornographique dont il leur faisait la lecture en petit comité – « nous, l'élite » ! D'après des paris délirants, chacun mettait, à tour de rôle, son membre sur la table, au cours de gueuletons d'où Mauda n'était pas exclue ; car il était bien entendu que la villa recevrait tout ce monde. On se permettait, en pleine nuit, d'aller réveiller les bistrots du bourg pour avoir du rouge. Mauda faisait l'affaire. La belle vie ! Les bouteilles saignaient sur les tables, les sabots claquaient dans l'entrée, Morfay tapait sur le piano, Mauda se faisait pincer les fesses. On ne s'entendait plus dans la maison hurlante. Chacun parlait, hurlait, pétait, rotait. On rayait les planchers de la dame aux gants noirs, on dansait avec des traversins, on vomissait sur les lits ! Mauda s'amusait jusqu'au moment où les trognes devenaient effrayantes, où les rires étranglaient l'homme, allumant dans les yeux de petits feux de la Saint-Jean qui se tordaient ; alors elle reculait jusqu'à sa chambre et, faisant tourner la clef dans la porte, elle demeurait figée à les entendre : « Passe-moi le flingue, on va tirer par la fenêtre ! »

– « T'es un con, Guillaut, t'es un con, laisse-moi dégueuler, r'garde ma tête ! » – « Morfay, t'es un homme toi, t'es un champion, t'es instruit, j'voudrais êt'ton gendre. » Et la voix terrifiante, le chœur de l'hydre : « T'as plus rien à boire ? Donne à boire ou j'fais un malheur ! Maudaaa ? Maudaaa ? »

À ce train-là, le trésor de la veuve avait fondu. Mauda faisait son possible pour enrichir son père, mais il s'était mis dans les dettes en voulant trop bien régaler. Les visiteurs se firent plus rares. Morfay s'invita chez ses compagnons. Et de là commença la série de ses fugues. Il arriva qu'il reste absent une, deux semaines, faisant seulement prévenir sa fille qu'il était encore vivant. Mauda pleurait de solitude. Elle s'habitua. Cela dura plusieurs années. Morfay se consumait merveilleusement. « Je perds mes cheveux, mes yeux. » Puis un jour quelqu'un lui cassa la gueule et l'estourbit. Il revint, il dormit quarante-deux heures et simula le délire dans les bras de sa grande fille : « Va prendre le squelette d'oiseau sous le volet, et enterre-le dans le jardin, c'était un maréchal de l'Empire. » Quand il en eut assez de cette comédie, il fit sa cure de solitude. Il se mit à écrire à Marceline tous les mois, et puis chaque semaine. Ses lettres étaient belles, mais froides. Il travailla son style et le résultat ne se fit pas attendre longtemps. Marceline devint presque familière avec lui : « Viens me chercher, on ne fout plus rien, c'est la fin de l'année solaire. » Comme il n'en pouvait plus de souffrir : « Je la garderai », se dit-il.

Marceline boude. « Il m'a dit de lui ficher la paix. Je vais me mettre en colère. »

– Dis, Mauda, tu auras bientôt fini de la tourner, la soupe ? grogne Morfay.

Silencieuse elle bourre la soupière et voit l'image de son père reflétée dans la louche d'argent. « Il explosera tout à l'heure, pressent-elle, il va s'en prendre à moi. Marceline sera de son côté, je la connais. »

Elle le sert d'abord dans une seconde assiette, afin de ne pas le couper de sa lecture – il risquerait de la mordre.

– Tu ne pouvais pas prévenir ?

D'instinct elle a levé le coude pour se protéger la figure : son regard la brûle et son haleine. Elle se sent les jambes mollir.

Marceline jubile – elle adore avoir pitié ; ses poings se crispent sous la table : « Si seulement ça pouvait barder ! »

Les deux filles se dévisagent : le regard de Mauda supplie ; celui de Marceline bat mais ne faiblit pas. Mauda sert la sœur et s'assied.

– Cette soupe est infecte, dit le père, les pommes de terre ne sont pas cuites. Et tu sais que je n'aime pas les navets.

Marceline :

– Moi non plus.

Le chignon de Mauda s'incline. C'est le manège de la soumission. Elle a tort, sa nuque est si pitoyable qu'on la déchirerait avec amour. Morfay voit cette nuque et pense cela. Quand elle se lève pour rapporter les assiettes, il lui flatte les fesses du regard. Mm… il la corrigerait jusqu'au sadisme.

Marceline en profite pour oser récupérer les illustrés. Mais le père :

– Laisse ça.

– Bon, dit-elle en se levant de table, prête à pleurer.

– Reste là.

Mauda, retour de la cuisine, risque vers elle le geste conciliant de l'aînée : « Tu vois ? »

– Laisse-moi, larmoie l'œil de Marceline.

– Allez, mange… chuchote Mauda.

– Oui, mange ! ordonne Morfay.

Marceline sent des picotements lui monter : « Je le déteste. » Elle se rappelle le visage convulsé de sa mère quand elle arrachait ces mots de sa gorge comme des racines récalcitrantes : « Je le déteste. » Pourtant ces lettres qu'elle relira tout à l'heure, avant de s'endormir. *Ma petite fille adorée… Ma Lorelei toute petite,* et : *toute ma tendresse pour toi…*

Plus un mot. Le repas traîne avec les hôtes. Personne ne se décide à quitter la table, et la lampe brille enfin haut, la nuit crépite dans les vitres. Un bras sur le rebord de la table, Mauda regarde devant elle, Marceline somnole un peu, la tête dans les mains.

Enfin Morfay se lève, abandonnant les journaux et nonchalamment, il va s'allonger sur *sa* banquette, les jambes écartées, les pouces croisés sur le cœur.

Mauda se décide à son tour et rassemble les assiettes.

Marceline, fascinée, voit s'animer la culotte de cheval à l'endroit de la braguette : Morfay regarde Mauda.

3.

« La Vallée, vendredi. Ma chérie, je t'ai fait acheter un sac à main et, puisque tu as quinze ans, un bâton de rouge. Tu trouveras le sac sur la cheminée. J'ai fait peindre ta chambre en bleu et jaune, nous avons gagné un peu d'argent. » – Marceline classe ses lettres sous l'abat-jour de papier bleu. *« Albert m'a parlé de toi, c'est un assez pauvre type, je crois que tu l'as fait marcher. Laisse-les, tous ces paysans. »* – Oui, je les laisse, bien sûr, je les laisse. « *Ma Lorelei toute petite.* » – Sa tête tombe – c'est un nid de soie. Elle rêve. Elle entre dans la chambre de son père et, dans son rêve, la mansarde défigurée est l'antichambre de l'enfance. Elle sourit à l'expression des portes : l'une ressemble à la bistrote, l'autre à cet Albert, « son Albert », la troisième est belle comme sa mère et souffre. Maman, « le mot à ne pas dire », le mot qu'elle ne peut prononcer sans rougir. Sa mère lui barre le passage et soulève sa robe, lui montre sa matrice : « Ne l'écoute pas, je le déteste ! » Elle gifle sa mère et passe. Morfay est allongé sur l'édredon dans son costume de cheval, la braguette déboutonnée. Il dort. De peur de l'éveiller, elle le frôle à peine, se penche sur ce trou. Son cœur lui saute aux

lèvres. Ô geste cent mille fois défendu par l'aïeule ! Elle plonge la main dans le pantalon de son père ; son bras entier s'y enfonce, s'y enfonce... Elle pousse un hurlement et s'éveille avec, dans les siens, les yeux de Morfay que la lampe éclaire.

– Ne fais pas cette tête, tu me boudes ? Je viens te dire bonsoir. Rappelle-toi, quand tu étais petite...

Il a dit : « Rappelle-toi, quand tu étais petite... »

Tout à coup les murs reculent, la figure de Morfay augmente, naît, l'armoire s'ouvre sur un monde de merveilles, odeurs de linge, savons précieux, couleurs des étoffes. Les plis des draps, des couvertures sur elle sont les montagnes, les fleuves ; le coin de l'édredon, un sein. Elle a sept ans, elle entend le piano qui, du salon, murmure :

Tant qu'il y aura des étoiles
Sous la voûte des cieux...

Elle ravale avec dégoût cette boule qui lui prend la gorge : le présent !

– Marceline, ne laisse pas traîner ces lettres...

Comme il est tendre, comme ses yeux sont beaux et ses cheveux qu'il a fait teindre pour séduire une fille de ferme ! Elle se laisse embrasser sur le nez et sur la bouche. « À la cosaque », aime-t-il à dire. Elle a déjà tout oublié de son rêve aux cent portes. Et quand il est reparti, ses yeux restent grands ouverts et son poing refermé sous sa nuque ; et le sang libéré ruisselle lumineusement dans son corps. Il a repoussé gravement la porte, puis il est monté. La chambre s'éloigne, s'éloigne, s'éloigne... Elle dort.

Chez Mauda, la lumière brûle. Accroupie devant l'armoire ouverte, elle rectifie les piles de linge culbutées par Marceline tout à l'heure. Morfay entre, referme la porte derrière lui.

Elle ne se retourne pas, mais sa nuque s'est dressée. Les ressorts du lit bredouillent.

– On a de nouveau chambardé ton armoire ? Ne te laisse pas faire, voyons !

C'est vrai, l'armoire de sa fille est un sanctuaire. Mais plus que la régularité des piles, la tristesse des doigts hâlés – ils ont tout à recommencer – l'émeut et le distrait, et la voix : « Ce n'est pas grave » – sa défaillance très pudique.

Ce quart d'heure mort entre leurs corps, il aurait pu le devancer d'un bond, le combler par un sourire, une étreinte, jouer au père ? – Il aurait gâché son plaisir.

Elle reste debout contre l'armoire à le regarder. Ils s'attendent.

Morfay vient lui prendre la taille, lui goûte les joues et les oreilles.

– Ne flanche pas avec Marceline. Ne sois pas sotte avec elle, hein ? Elle se conduit en collégienne.

Ses mains descendent un peu.

– Tu es l'aînée d'abord, la grande : elle te doit le respect.

– Tu crois ?

– Mais oui, je crois, chuchote-t-il (ses mains descendent), tu n'es pas bête, tu es même intelligente tu sais, et belle, tu es un ange. Il dit n'importe quoi, ce qui lui vient aux lèvres. Parler, parler. Sa respiration s'étend, ses mains frissonnent. Et : « Tu sais que je te préfère ? » Et : « Nous nous comprenons, tous les deux ? »

Elle ne fait pas de mouvement. « Tu crois ? Tu crois ? » Elle est inquiète, elle rit, machinale – sa bouche grelotte : « Pourtant Marceline est instruite, elle a appris des tas de choses, l'océan, les points cardinaux, *l'algèbe.* Si Marceline me traite d'ignorante et d'idiote, qu'est-ce que je ferai, mais qu'est-ce que je ferai ? » – Des coups ? Grands dieux, elle n'oserait jamais. « Je manque de courage. » – D'ailleurs pourquoi la giflerait-elle ? « C'est la vérité, je suis une ignorante. Il n'a pas voulu que j'aille à l'école, d'accord avec mémé qui faisait une différence avec la sœur : moi j'étais *pourrie,* je risquais de la pourrir. Parce que je protégeais la Trine quand elle la battait. » (La Trine, leur mère, la veuve de guerre en avait fait son Golgotha ; ce surnom de la Trine n'avait été, à l'origine, qu'un seul mot dans la bouche avinée de Morfay ; Mauda, petite, l'avait trouvé joli.)

« Si j'apprenais la grammaire avec lui, rêve-t-elle, si je lui demandais ? »

– Regarde-moi, regarde ton père ?

Elle se jette dans ses yeux. Les mains de Morfay vont et viennent. Elle est dure comme une statue, aussi froide, sur elle l'odeur du trèfle au crépuscule.

– Mon bichon, ma petite fille…

« Allons, il ne va pas pleurer, il ne sent pas le vin pourtant ? » s'étonne-t-elle. « Je n'aime pas quand il fait ces yeux, c'est mauvais. Peut-être qu'il va raconter son passé comme dans le temps. Pauvre pé. » – Son corps se libère d'un coup.

– Assois-toi, tu es fatigué. Tu veux quelque chose ?

Non ? Il ne sait pas ce qu'il veut. Il se rassied sur le rebord du lit, la tête dans les mains, les cheveux en boucles. Ses mains transpirent, son front aussi.

Le silence.

Elle se gratte la gorge.

Lui :

– Hein ? Quoi ?

Lui :

– Rien, rien…

4.

Des jours filent. Le temps, là-bas ? Une locomotive lancée à fond. À la campagne, Marceline adopte le système des paysans : d'avoir l'heure d'après les trains.

Le premier train est à cinq heures. L'aube. Elle l'entend crier dans son sommeil. « Le train de cinq heures ! » C'est un train de marchandises qui réveille la Vallée – « teuf teuf teuf, teuf teuf teuf, hi ! » Les volets du bistrot roulent, les cours de fermes se raniment, les loquets des étables claquent. Un jour blond prépare sa robe et réveille chaque grand-mère pour la messe : « Debout Corentine ! Debout la Louise ! Debout Marie-Troune ! La mort ! La mort ! La mort ! » Déjà les bosquets gesticulent – vagues de rosées dans les feuilles – l'angélus a des sons frivoles, les chemins se remultiplient, et les vieilles femmes, en cortèges diarrhéiques, montent de partout vers le bourg, avec un peu de café chaud dans l'âme et de prière. On a beau les considérer, n'empêche : ce sont des ventres à nourrir. Les plus riches paient une pension, moyennant quoi la liberté leur est laissée de mettre leur nez pluvieux sur les potages et de prononcer quelque sentence : « Y'a pô z'assez de pommes de terre », ou « Rôjoutez du sel, mô fille. » Les plus pauvres et les plus vieilles se voient reléguer dans quelque grenier bien exposé au vent du nord ; il arrive qu'on se souvienne d'elles : « Elle est pas crevée la vieille ? Alors va lui porter sa soupe. » Mais la nature a de ces ruses, dit-on ! La vieille peut tenir le coup dix ans. Quant aux hommes, dès qu'ils ne sont plus bons même à rentrer les vaches, et qu'ils ont encore le culot dans les discussions politiques et autres d'émettre leurs jugements périmés, quand on les a châtrés de leur dernier biberon, celui qui fait onze degrés, grand-père, et qu'on a laissé tomber sur leur ciboulot racorni des interdictions de ce genre : « Je te défends de voir ton copain Manchon, vous avez peut-être fait le régiment ensemble, mais le saligaud, il court encore les filles ! », eh bien ils crèvent de maladie, quoi, « que voulez-vous qu'ils fassent d'autre ? »

Le train suivant est entre sept heures et demie et huit heures. Quand elle est bien disposée, Marceline se lève avec ce train-là, sinon elle attend celui de dix heures. Morfay se lève rarement avant onze, midi, aussi vaque-t-elle à son petit déjeuner, tranquille. Sans prendre le temps de ranger ni son bol ni le beurre couvert de miettes, elle part à la recherche d'aventures. L'air a la fièvre, les moustiques donnent un bal avant midi. Dans les bois, elle écoute les pies. Elle a cru longtemps qu'elles parlaient une langue étrangère : « Ce sont des pies nées en Angleterre. » Il y a vers le fond du Jardin de Mauda (c'est le nom d'une pelouse vaste où sa sœur apprivoise, pêle-mêle, roses, dahlias, rhododendrons et marguerites), une sorte de fosse où l'on enterre les débris de vaisselle. Marceline appelle cet endroit la Vaisselle Cassée. Elle venait là souvent quand elle était petite et, pendant des heures, elle jouait avec des morceaux de faïence, de porcelaine ou de cristal, recherchant les espèces rares et reconstituant les assiettes pendant que sur sa tête les pies parlaient anglais. « Que fais-tu là, ma petite ? » demandait la dame aux gants noirs. « Je suis chercheur d'or », répondait-elle avec tristesse. Puis elle habillait ses richesses de feuilles mortes, pour la nuit, en adressant une prière au bon Dieu : « Mon cher bon Dieu, protégez mes petites assiettes, qu'il ne leur arrive rien, et s'il vient de grosses bêtes, empêchez-les de leur faire du mal. Elles sont à moi, mes petites assiettes. » Au jour de l'An elle était venue dire aux assiettes qu'elle ne les abandonnait pas. Elle leur avait montré sa poupée, une poupée par trop idiote, elle ne fermait pas les yeux, des yeux de porcelaine. Elle avait eu ce cri du cœur : « Elle est belle, mais je vous aime ! » Quelques jours plus tard la poupée se tuait sur le carrelage de la cuisine. Marceline se consola de cette mort : « Ses yeux étaient en porcelaine. Elle sera enterrée ici. »

Marceline frappe la terre de la pointe de sa chaussure et se baisse pour regarder le débris qu'elle a découvert. « Ne joue pas avec le verre, tu finiras par te blesser », souffle la voix de la dame aux gants noirs. « C'est loin ça, soupire Marceline, et ça ne fait plus le même effet. » Elle regarde alentour : les arbres ont été coupés et les pies se sont enfuies. Les pies d'hier sont tombées quelque part, Dieu sait où. Tout à l'heure, pendant le déjeuner, elle questionnera Morfay : « P'pa, ça vit longtemps une pie ? »

Le train de onze heures et demie déchire l'air. Marceline rejoint docilement la maison en repassant par le Jardin de Mauda. Ce n'est pas qu'elle aime les fleurs, mais quelques-unes l'ont brûlée. Des narines elle cherche l'œillet, et l'œillet lui répond bientôt : « C'est beau, c'est le soleil, ça me donne envie de pleurer », s'entête-t-elle en se laissant envahir… Une porte se rouvre en elle sur le luxe de midi. Vases gonflés d'amour, parquets brillants de cire neuve. Oh ! ce luxe, ce parfum qui la dévore ! Elle patauge dans le soleil... Cet été-là, – voilà qu'elle s'y promène maintenant, vieilles vacances ! – cet été-là, le monde avait changé. Ça l'avait prise en plein midi sans raison particulière – elle lisait *Le Roman de la Momie.* Il lui était arrivé cette chose indéfinissable, cette chose aussi bête que les mouvements d'un cœur qui s'extasie aux pieds de la nuit étoilée. Elle s'était trouvée submergée par des appétits inconnus. Agenouillée sur le plancher hurlant de soleil, elle s'était dévêtue sans impatience, avec cette sorte d'implacabilité qu'ont les fous et les sacrifiés. Midi sonnait. Elle s'était jetée en arrière, les jambes repliées sous les cuisses grandes ouvertes, et des mains s'étirant le corps en arc de cercle. Électrique, elle se tendit au risque d'éclater, d'envoyer rouler ses bras et ses jambes au-dessus des moissons, au risque d'amener la nuit sur sa rétine tant son effort était barbare, palpitant et désespéré. Alors comme un nuage solaire, avec un bruit plus grand que le silence et plus fort que celui du sang qui tourne, ce parfum était entré en elle d'œillets rouges, y entraînant son luxe et ses tumultes de luxure. Le corps de Marceline était devenu souple, souple, ses mains s'étaient mises à circuler comme un régiment de cloportes avec ce parfum en marche sur sa poitrine aux boules douloureuses, sur son ventre doré, sur ses jambes, sur son pubis. Ce pubis... Elle l'avait pressé comme on presse un abricot vert « pour le faire mûrir » et, laissant tournoyer l'œillet, d'un coup brutal elle avait pénétré qui l'avait emplie de stupeur. Plus tard, sa reconnaissance et son amour s'étaient imprimés à l'endroit du plancher où le soleil se pose d'habitude. Elle avait roulé toute nue à midi dans la lumière et le bruit de son sang en désordre ! Mais ce geste est inépuisable. Elle pouvait le recommencer à loisir devant l'armoire à glace, ce serait un joli caprice ? Elle ne s'en contenta pas, de ce caprice. Fillette imaginative qu'elle était, elle découvrit d'autres acrobaties et, dès qu'elle était seule, elle luttait contre son obsession, comme un fumeur avec le tabac interdit. Aussi se créait-elle, aussi longtemps qu'elle le pouvait, des obligations absorbantes. Deux jours, trois jours, elle essayait de n'y plus penser. La fièvre lui mangeait les joues, les orbites. Ce parfum l'avait empoisonnée.

Marceline arrache un œillet, y plonge les narines. « Je traînerai ça toute ma vie. » Œillet, mot-phallus, monde souterrain de Marceline. Luxe campagnard. Été. Puberté.

Trains dans le soir. Encore un rêve de Marceline. Ces trains appellent. S'ils ne l'emmènent pas ailleurs, c'est qu'elle n'est pas près de se détacher du monde, c'est qu'elle n'est pas près de revêtir sa robe blanche tissée de monotonie et de sainteté pour s'en aller au fil du soir, au grand vent du soir de la Vallée, sans livre, sans croix, sans chaînes – ni fantôme, ni châtelaine, étoile peut-être, réfugiée en dehors de la clameur des horizons monstrueux pour cultiver ici les arbres et les escargots.

Enfilade des rêves. Remontée dans le temps après la mort. Horloges. Cauchemar. Elle est une gamine de nouveau. Elle monte les escaliers de la maison moisie. Les plâtres affaissés, l'humidité lui font mal. Des meubles se plaignent tout haut dans de grandes salles d'avoir été enfermés par les araignées. Leur voix fait un drôle de bruit ; « on ne l'entend pas mais elle existe », pense Marceline. Au milieu du salon, un trou – le piano est tombé dedans et le bruit des cordes résonne comme cela depuis des années. « Étrange, constate-t-elle, ils ont allumé les lampes… » Un train crie à la nuit. Marceline se précipite à la fenêtre : « Oh ! le train bleu qui jette des étincelles ! Il est vraiment bleu, il n'y a pas à s'y tromper. » – « Si, tu te trompes ! » fait la porte en roulant sur elle-même, et Marceline qui s'est retournée voit pivoter deux anges de bronze – ils viennent du fond du vestibule. Et des tas de pas tapent dans l'escalier et des bruits d'étoffes et des bruits vides montent dans le vestibule. Elle est prête à hurler, à faire n'importe quoi. Elle prend un couteau sur une table. Entre sa grand-mère, à moitié vivante, à moitié morte ; elle passe devant les anges. Marceline fait un bond et lui plante le couteau dans le cœur. Le sang coule sur les mitaines de la vieille dame qui remeurt dans une effroyable odeur de naphtaline. « Bonsoir, dit-elle une dernière fois, tu auras de mes nouvelles ! » À ce moment-là, le portrait du grand-père capitaine « fini mortadelle au Chemin des Dames » se met à battre d'impatience et des médailles d'or tombent du cadre, roulent dans toutes les directions. « J'aurais dû courir, pense Marceline, j'aurais dû prendre ce train. » Elle fait son bagage de regrets. Il pèse son poids. Quand, tout à coup, le train se met à crier dans le jardin. « Tu rêves », se raisonne Marceline. Et là-dessus elle ouvre les yeux : la chambre avance, avance… Il est cinq heures du matin.

5.

Une semaine qu'elle est là.

Devant elle, tout un été. Le goût de la pension a fondu pendant qu'elle rêvassait. Morfay, Mauda, les paysans ont fait le reste.

Elle a voulu revoir Albert, le domestique des Manchon. Albert a dix-neuf ans, il a les épaules rectangulaires, le torse éclatant. Dans les bagarres indigènes, c'est lui la « bosse ». Comme personne il abat les boules, le dimanche, sur la place de l'église. La légende veut prétendre qu'il soulève des charrettes : on le croirait volontiers à voir sa musculature craquer sous les brancards. Et puis il est le seul à ne pas craindre Morfay. Son expression irritante qu'exacerbe le tic des lèvres ouvertes sur des dents presque bleues – un tic voluptueux –, a fait rugir Morfay dans l'une de ses cuites : « Tu as peut-être une belle gueule, mais c'est une gueule de fille ! » Et là-dessus, le gars la lui a cassée proprement.

Marceline arrive à la ferme où l'appellent des hurlements : on tue un porc. D'abord elle cherche l'animal. « C'est la truie qui v's'avait tant fait peur l'an passé, m'selle Morfay ! » lui rappelle la femme Manchon, occupée devant la porte, à rincer quelques énormes pots à lard. « Y sont dans la p'tite cour. » – Marceline, suivie par le regard des chiens demeurés à l'écart, se dirige vers les lieux du meurtre dits « cour à purin ». Dans le cercle des supporters où se retrouvent le vieux meunier, le boulanger, un voisin des Manchon : Sicart, et quelques commères de la plus belle eau-de-vie (la boune Jeanne, Nani la Pisseuse, Marie Prieur, surnommée Marie-Baise-Dur), deux hommes, qui sont Manchon lui-même et l'un de ses fils – un joli garçon en vacances qui prépare Navale –, maintiennent la truie hurlante, un troisième fait « le boulot » : Albert. Marceline voit pendre la blessure au-dessus de la bassine. Le sang ne coule pas tout de suite. « C'est pas normal », souffle Albert en butant dans la bassine, « ça coule pas. C'est qu'elle est fameusement grasse… » Et han ! le couteau de cuisine replonge, pourfendant le bavoir de graisse rose qui sursaute, élargissant la flamme bleue où le sang se lève, puis éclate comme un coup de vin sardonique. « Laissez-la partir, crie Manchon, elle ira pas loin ! » Marceline a vu les yeux de la truie, le groin, la bombe de chair rose basculer. Elle a vu le couteau tracer les lèvres bleues. Elle est un peu pâle, un peu souriante de s'être sentie pâlir, un peu reconnaissante d'avoir vu trouble. Elle a l'estomac solide. « M'selle Morfay c'est pas de son âge », pensent-ils ? Non, sûrement pas. L'herbe est rouge, les bras d'Albert sont rouges, le silence est rouge. Un silence de massacre. Un silence bleuâtre tout à l'heure, quand la truie multipliée par cent s'étalera tout au long de tables vêtues de leurs draps de noce, derrière les volets tirés. « Ça c'est du cochon », grogne Manchon. – « Tiens mam'selle Marceline ! Vous avez vu l'morceau ? » Marceline revient dans la grande cour. Les chiens qui la reconnaissent la respirent avec suspicion. « v'nez c'soir avec vot' père, pasqu'on fête tout le monde », fait à son oreille la voix de la femme Manchon, couverte par les bruits de l'eau dans les pots à lard, « v 'nez ce soir ou v'nez demain. » Marceline s'affaisse au milieu de la cour… L'anse du seau vide résonne, le bruit de l'eau… « Mathurin, viens là ! La p'tite est toute blanche ! » – On la transporte dans la maison. « Qu'est-ce qu'est ? » disent des voix. « C'est la p'tite Morfay qui a tourné de l'œil… » Louisette Manchon lui tapote la figure. « Giflez-moi », demande Marceline. Elle relève la tête. Autour d'elle, en plus de la Louisette et de son homme, le boulanger, le meunier, Albert. Les yeux d'Albert : « Petite nature ! » Ceux de Marceline : « Moi, je t'emmerde. » Elle boit d'une goulée le verre qu'on lui tend et cherche son paquet de cigarettes. « Si c'est pas trisse, pense la Louisette, ça fume déjà, ça s'habille bien. Comme une p'tite dame. Tout de même, y'a pas, la mort c'est *terribe.* Sa mère, si jeune ! Un homme ça sait pas mener des filles, ça a beau avoir l'instruction, avec des filles c'est tout bête… » Haut : « Ça va *menant ?* V's'avez sali vot' belle robe ! » Marceline fait signe de l'épaule et du sourcil que cela ne fait rien. Elle a envie d'insulter tous ces spectateurs d'un grand coup, mais les paroles de Morfay l'arrêtent : « Sois diplomate avec eux, un jour nous en aurons besoin peut-être. » Ce « nous » la calme. – « Au fait, qu'est-ce que vous me disiez tout à l'heure, je peux venir avec papa ? » Toutes les trognes la regardent, toutes elles pensent la même chose, –comme si cela ne se voyait pas… « Eh bien oui, ricanent ses yeux, je suis la fille de mon père, je suis d'une race différente de la vôtre, la race de ceux qui ne vont pas à l'église, de ceux qui ne se confessent pas, de ceux qui lisent les livres défendus. Notre âme n'en est pas damnée pour autant, contrairement à ce que vous disent vos curés. Je suis la fille d'un communiste. Ça vous choque ? Bien, tant mieux ! Maintenant trouvez-moi des circonstances atténuantes si vous voulez, mais sachez que votre pitié peut me rapporter de l'or, demain si je veux ! »

Les chiens viennent de grogner.

– T'nez, v'la vot' père, dit la Louisette.

Marceline regarde la fenêtre, elle voit Morfay dans la cour.

La Louisette va sur la porte l'accueillir et retient les chiens hérissés : « Couchez là, mes beaux, couchez, c'est m'sieur Morfay ? Entrez donc, m'sieur Morfay, Marceline est là. »

– Je sais, dit Morfay sur le seuil.

Il entre, précédé de la Louisette illuminée comme si c'était le bon Dieu qui la suivait dans la maison.

– Un p'tit verre, m'sieur Morfay ?

– Mais oui…

Les trognes changent d'expression. Les mains se tendent. Morfay a l'air de réfléchir avant d'accepter les doigts d'Albert. Et puis il finit par les prendre.

– Je m'en doutais ! soupire Marceline.

– C'est bien terminé cette histoire ? dit Morfay. On était cuités, j'étais dans mon tort. Mais toi tu as le pinard méchant. Reconnais-le ?

– Ouais, Morfay, t'as raison…

Et voilà, pense Marceline, il a failli le tuer et pftt ! Ah ! non ce n'est pas moi qui…

– Qu'est-ce que tu fous là, toi ?

– Moi ? Je suis venue voir Louisette.

– L'est tombée dans les pommes, dit la Louisette.

– Ah ! qu'est-ce qu'il y a eu ?

– C'est l'cochon…

– Non, ce n'est pas le cochon, affirme-t-elle.

– Qu'est-ce que c'est, alors ?

– Mais je ne sais pas, moi ! s'exaspère-t-elle. D'abord, qu'on me laisse tranquille avec ça.

– Bon, je vois ce que c'est, dit Morfay.

– Oh ! ce n'est sûrement pas ça ! raille-t-elle, rougissante.

Morfay se met le doigt sur la tempe : « Tu es toquée. »

Devant tous ces crétins ! Elle enrage.

La boune Jeanne fait diversion. C'est elle que Morfay courtise. Elle a flairé le mâle, son seigneur. – C'est une naine au visage coupé du triangle d'amertume – « un nez comme un bout de merde entre deux fesses », s'amuse à répandre Morfay : le mot a fait le tour du pays. Elle traîne quarante années de labeur, un derrière sale et l'enfant d'un ermite du pays, le père Bibon, qu'elle retrouvait pour l'amour dans une incroyable cahute au fond de la forêt du Loup.

Morfay lui délace son tablier taché de sang, lui crachote des mots doucets dans l'oreille et cligne de l'œil à la galerie. Elle rit, elle n'a pas de dents. « *Bion,* j'm'en vas d'suite, y'a l'cochon. » Elle repart en courant.

– Je t'adore ! lui crie Morfay. Puis, vers les autres : « Faudra que je la coince dans une grange par-là, un de ces jours, et je lui ferai son affaire. Ça lui gratte encore, son petit cul. »

– Ouais, s'esclaffe la Louisette, mais c'est pour d'aut' choses. À s'lav' pas.

– Ho, ce n'est pas si mauvais que ça, proteste Morfay. Hein, avec de la mie de pain autour ?

« Hi ! hi ! » La Louisette pleure de rire et les Trognes se convulsent. « C'est vraiment le bal des imbéciles, se pince Marceline, comment peut-il ? »

– N'vous gard'rons à souper c'soir, m'sieur Morfay, miaule

la Louisette en se bouchonnant les yeux. On v'mettra' côté d'la boune Zane. Ç'vous va ?

Morfay :

– Ça promet.

Harmonica dans le soir. « Un gosse au loin », songe Mauda qui patiente. Et : « Le dernier train est passé. » – Mauda, se lève. Il fait sombre. Des genêts bougent. « C'est drôle, cette musique, ces genêts qui bougent. Ça me rappelle pendant la guerre quand la Trine a eu sa première crise. Des genêts bougeaient tout pareil. Et puis les avions ont bombardé, j'ai vu trembler la flamme des lampes au carbure. Elle s'est jetée sur la porte avec ses poings, comme pour l'empêcher de s'ouvrir. Elle hurlait. Il a fallu la battre au fouet d'ici qu'elle s'arrête. Ça bombardait à deux kilomètres. La grand-mère se tenait toute droite au milieu de la cuisine avec le fouet, elle était terrible, elle avait les yeux méchants. » – Mauda fait un pas dans le jardin. Elle se penche sur les fleurs obscures. « Demain il faudra les arroser. J'ai douze cents plants de fraisiers à arroser de purin, ça donnera des fraises sucrées. On dira : « les fraises de Mauda… » – non, on ne dira pas « les fraises de Mauda » – on dira : « Les fraises de Morfay sont les meilleures de toute la région… » – Demain faudra se lever de bonne heure. – L'harmonica s'est tu. Mauda goûte l'air de la nuit : il fait mal aux narines, c'est bon signe. « Allez, la soupe doit bouillir. Qu'est-ce qu'ils font dehors à cette heure-là, tous les deux ? Ils sont sûrement ensemble, soupire-t-elle, j'ai l'impression qu'ils ne rentreront pas. Il va venir taper à ma porte à trois heures du matin. Il sera complètement soûl et il pleurera. Ce sera la gueule de bois et la mauvaise humeur pour toute la journée. Quant à elle… On dirait qu'elle fait exprès de le suivre partout, ça l'amuse... » – Mauda prend le chat sur ses genoux et le caresse. Une odeur de soupe aux poireaux renvoie au passé la cuisine. « Tout va de travers, tout ! » crie la dame aux gants de fil noir. « Donnez-lui une pomme de terre, elle est pas fichue de la faire cuire ! » La Trine ne répond pas. Elle racle obstinément les carottes ; une goutte pend à son nez, tombe – il en vient une autre. « Ah ! misère ! Pauvre incapable ! Regardez-la, la mère de famille, elle est belle la mère de famille ! Marianne ! ! La République française ! ! ! » Morfay, de l'autre côté de la table, dévore un magazine anglais. Il se tait, la tête dans les poings, les sourcils froncés. On frappe à la porte. C'est le facteur : « Un colis d'Allemagne pour – je ne peux pas lire – Marianne Morfay. » La Trine lève des yeux interrogateurs chargés de larmes. Elle signe et se remet gravement à l'épluchage. « Eh bien, ouvrez votre paquet ! » clame la grand-mère. La Trine coupe les ficelles, déballe un important gâteau : *Alles Gute zum Geburtstag !* Joyeux anniversaire. « Tiens ! vous avez sans doute écrit à vos parents pour leur dire que vous creviez de faim ! Alors ils vous envoient cette cochonnerie ! Je ne veux pas de cela chez moi ! se met à hurler la grand-mère, de la dignité, madame, de la dignité ! » et d'un geste sauvage elle attrape le gâteau, le flanque contre le mur qu'il éclabousse de crème au chocolat : « Tenez, votre gâteau ! Voyez comme il est... Foutue Grosse Bertha du Chemin des Dames !... »

Mauda referme ses yeux agrandis par l'obscurité. « Je ne l'ai pas assez aimée, se chuchote-t-elle, pas assez défendue. Quand elle est devenue folle, je lui ai troué la cuisse d'un coup de fourche : elle voulait repartir en Allemagne, toute nue sous sa « peau de chat », avec une valise où l'on a trouvé que deux vieux oignons et des croûtons de pain dur, rien d'autre – je ne voulais pas la laisser partir. Oh ! je l'ai battue aussi, lui me disait que les coups lui rendraient la raison. Mais si je n'avais pas été là, elle serait sûrement morte avant. Quand il l'a enfermée dans l'arrière-cuisine avec des pointes dans la porte et qu'elle n'a plus rien dit pendant des jours, j'ai bien cru qu'on l'avait tuée. » – Elle revoit les orbites cadavéreuses de sa mère, le corps léger sur le brancard, les assistantes sociales qui se cognent dans Morfay, un Morfay statufié, cassant, insoutenable : « Débarrassez-moi de cette pourriture ! » Et le même Morfay trois jours plus tard : « Ah ! les marioles, ils veulent jouer au plus fort avec moi ! Tu prépareras nos vêtements de deuil. » – Le corps de celle qui avait été la Trine était couché dans un lit à la morgue. On avait recouvert la tête d'un voile noir, et ce carré noir à l'intérieur du cube blanc de la pièce avait donné le premier choc à Mauda, celui que l'on peut ressentir en présence d'un corps décapité. Au travers du voile on distinguait les traits – l'œil à demi clos, la bouche ouverte, et lorsque, pleins de politesse, afin de leur laisser le soin de faire la comparaison, les cloueurs de bière avaient retiré le voile, Morfay avait eu un geste d'indécision. La Trine était devenue une chose horrible, un petit squelette mal habillé de peau bleuâtre aux cernes dévorants. Les couvertures soulevées, ils avaient vu les pieds, la cheville bleue où s'arrêtait la vieille chemise, *donnée* car « il n'y avait rien de mettable dans ses affaires. » « Ce sont bien ses pieds, avait réfléchi Morfay, mais il n'y a plus de seins, il n'y a plus rien. » Il avait retenu Mauda quand elle s'était avancée, d'un geste qui signifiait : « Tu ne vas pas embrasser ça ? ». Et la petite avait assisté à la mise en bière, à la force inutile des hommes noirs, à la solitude du lit, *à la récupération du voile.*

Elle ne définissait pas cette chose tenace en elle, la pitié, mais elle voyait : pauvre Trine rabougrie que l'on portait en terre, tu étais le fœtus de l'été lui-même, l'été raté qui ne s'était pas survécu.

L'orgueil de Morfay sur le pont de la ville où ils marchaient endimanchés ! Cet éclair dévastateur, ce cri qui lui crevait la tête, ce souffle qui le faisait tituber : « Hourrah, le soleil ! Elle est morte ! Elle est morte, le soleil et les étoiles ! Elle est morte, l'univers et les grains de sable, et le monde ! »

Les mains là-haut en porte-voix :

– Kaputt, la Fiancée du pirate !... il avait clamé au chaland qui passe.

Il s'était planté devant la Mauda rencognée dans le parapet, bien folle de peur, et désignait le corbillard :

– Elle est là, kaputt, l'Internationale !... Tu comprends ça ?... Kaputt !... Kaputt !...

Et l'avait, tout doux, reprise en chemin, la main au cou de l'orpheline, leurs pas dans les pas de la haridelle, tout doux, sa kaputt Internationale :

Die In... terna... tiona... a... a... a... le...

« Passe-moi la bouteille, Marceline. Et toi, debout ! Debout, la Jeanne ! Une chanson, la Jeanne ! » beugle Morfay. Les Trognes explosent, les goulots glougloutent, la nappe se tache, les assiettes de graillons fumant s'entrecroisent. « Une chanson ! Une chanson ! » se tue le chœur. « Une chanson ! Une chanson ! » prolongent les autres chœurs. La boune Jeanne se met à pouffer idiotement. Les Trognes la poussent, la pincent, lui claquent les hanches, lui tirent les seins, lui mêlent les cheveux, la coiffent d'une soupière, et finalement la hissent à des sommets où trône en impératrice l'odeur du cochon ouvert. On lui met un doigt entre les fesses et, aussi bénin que cela puisse paraître, elle chante.

Tou m'avé dit dou temps dé ta jeunesse

– Oh non ! se plaint Morfay. Quelque chose de drôle ?

Jeanne du haut de son marchepied, les Trognes haletant sous elle, commence :

Pipi su la violette…

« Voilà ! Parfait ! » aboie le chœur derrière Morfay. Et Jeanne fait pipi sur le colza, la marguerite, jusqu'au moment où elle rencontre le Bien Membré, le Beau Garçon et « ridéron », chacun frappant de grands coups sur la table, les filles en profitant pour se disputer les braguettes les mieux remplies, et ridéron.

Marceline a été placée, avec l'approbation de son père, aux côtés du vieux meunier. « C'est qu'il lâche des pets, ce crétin », s'exaspère-t-elle en s'écrasant le nez dans la paume. « Je le vois bien, quand il change de fesse. » Elle est au supplice, mais elle ne veut pas le vexer car c'est lui qui racontera tout à l'heure sa fameuse histoire de revenants. « Pour le moment ils en sont à leur exutoire, pense-t-elle, ils ont bâfré comme des cathédrales, l'alcool ne leur monte pas encore au cerveau. » De temps à autre, entre deux gorgées de chanson, un regard significatif se jette sur elle, la blesse au sexe, et ses tempes battent. « Laisse-moi rire, répondent ses mâchoires, je suis la fille de Morfay ! » – « Peuh, ton père je lui ai bien cassé la gueule, clignote Albert, et si c'est à recommencer, eh bien ! on recommencera. » – « Tu peux essayer, engage-t-elle, tu ne me connais pas. » Albert se verse une rasade de *lambic* : « Moi je m'en fous, je suis beau. » Les Trognes ont l'air de suivre cette conversation en coups d'yeux. Marceline leur règle à chacun leur compte et, prenant le long de ses bras sa longue chevelure musclée, elle cambre un peu plus la gorge, garce, garce. Morfay lui-même n'est pas dupe. Sans abandonner sa chanson, il observe le manège et son âme communie à ces feux de provocation : « Ce qu'elle est belle, ce qu'elle a de moi ! »

Dans sa chambre, Mauda sort un portrait de derrière un meuble et le regarde, se regarde après dans la glace pour faire la comparaison : « Trine, Trine, je te ressemble. Dis-moi ce que je dois faire, si je dois partir ou rester ici dans mes cultures. Tu sais qu'il est le plus fort, il est *énorme.* Si je pars, il m'a fait comprendre qu'il ne s'en remettrait jamais. Pour moi ce serait difficile de partir. La place qu'il occupe, cela m'effraie. Voilà des tas de fois que je joue à m'en aller : ce n'est que du jeu, comme ça, pour rire. »

Morfay verse le lambic à la boune Jeanne. Elle est soûle, elle relève ses jupes et pousse une série de gloussements caractéristiques : « youp youp youp ! »

– Cache ça ! tonne Morfay, ça pue !

Le chœur s'abîme de rire. Sur des épaules voisines, des têtes s'affaissent, boursouflées, déchirées de rictus surprenants. D'entre les dents giclent des jets de chique, qui visent les assiettes vides, qui balafrent la nappe-drap, et la nappe elle-même cède, happée par une force louche, avec ses bouteilles qu'on sauve au prix d'efforts, de cris hallucinants, la nappe s'en va comme un ange, portée sur les douze coups de minuit. – « Écoutez, dit le meunier, c'est l'heure *gigantesque.* La mort est peut-être dans la cour ou cachée dans l'étable aux vaches. Il ne faut pas sortir maintenant. J'ai connu des gars et des filles qui s'en allaient à cette heure-ci. Qu'est-ce qu'ils sont devenus ? *C'est drôle.* Moi j'avais une fille – vous l'avez bien connue, ma fille ? Elle était, comme ça, partie au bal. Elle avait mis ses jolis *pieds* et sa plus belle croix. Il n'y avait pas d'étoiles. La nuit comme ça, toute noire, avec un drôle de silence ; on n'entendait même pas chanter la rivière dans la forêt du Loup. Je lui avais donné une lanterne et elle avait dit : « Père, je resterai pas longtemps, j'ai seulement quelqu'un à voir. » Elle est allée vers le bourg. Je suis resté un moment à écouter le bruit de ses pas et je suis rentré dans la maison. Eh bien ! vous me croirez ou vous ne me croirez pas, il y avait quelqu'un assis dans la cuisine. C'était pas ma femme, non, ma femme s'était couchée tôt ce soir-là. Il y avait là une dame avec une grande robe et des cheveux bleus comme les dames de Paris. Je ne voyais pas sa figure, elle me tournait le dos, cette dame. Mais je l'ai entendue parler : « Cours après ta fille, elle va se jeter aux monstres ! » Et comme elle disait ça, je l'ai vue entrer dans le foyer sans qu'il se produise rien, pas un seul bruit, pas un objet déplacé. Je me suis mis à rire tout seul, puis j'ai réfléchi à ça : « Elle va se jeter aux monstres. Qui ça, les monstres ? » Deux ou trois minutes après, il y a eu un drôle de cri, assez loin du côté de la forêt, et la lumière s'est éteinte. Quelque chose a passé devant moi, une espèce de bête qui courait, et la lumière est revenue. J'ai commencé par me gratter la tête, et je suis monté réveiller ma femme qui s'est mise à crier que je lui faisais peur et que ça n'était pas bon pour ses nerfs. Alors je me suis mis au lit et j'ai attendu ma fille. Je me suis seulement endormi quand les oiseaux chantaient. C'est ma femme qui m'a réveillé cette fois : « Où est la fille ? Son lit est même pas défait. » Je me suis levé comme si ça m'avait piqué le derrière. Pas de fille. On l'a cherchée tout le matin au bourg et partout. Elle était nulle part, personne l'avait vue, elle était pas venue au bal. Ça m'a donné des crampes à l'estomac, ma femme s'est mise à faire la comédie : « C'est ta faute, avec tes histoires de sorcier. » Le soir on était en train de se désespérer dans la cuisine, quand, brusquement, la porte qui était fermée s'est ouverte d'un grand coup et, tous les deux, aussi vrai que je suis ici et que j'ai bu, nous avons entendu la voix d'Henriette, sa voix à elle dans le couloir, et qui disait : « Je suis morte, je suis dans l'étang. » J'ai voulu y aller voir tout de suite ; c'est ma femme qui m'a empêché, et nous avons grelotté de peur toute la nuit, comme des gosses, sans oser monter nous coucher. Mais le lendemain on a regardé dans l'étang. Et ma fille y était bien, avec la lanterne... Alors il faut pas rire. Tout ça, c'est la vérité. Qu'est-ce qu'il lui est arrivé à cette pauvre Henriette ? On sait pas. C'est peut-être la dame à cheveux bleus qui l'a poussée, peut-être pas... Les histoires de mort, ça vous fait une drôle de vie... Maintenant versez-moi le coup. »

Marceline frotte ses bras nus, elle a eu le hérissement. Pendant que le vieux parlait, les Trognes lui ont été d'un réel secours, leur nombre, leur chaleur d'ivrognes. Maintenant elle renouvelle le défi. Le lambic coule dans le demi-silence et fait craquer les pommes d'Adam. On chuchote de bouche à oreille. Volupté du moment dosé de maléfices. Présence rassurante de Morfay. Marceline allume la cigarette d'une fille condamnée à l'aurore, au premier chant du coq sur le trèfle. Condamnée à l'apparition de tas de morts. Son imagination travaille : une forme aux cheveux bleus vient de passer devant la vitre. Elle entre, elle a d'énormes cernes, un regard égaré, des mains d'étrangleuse. Elle étrangle la première Trogne, la seconde et ainsi de suite. Elle s'arrête à Morfay. « Ah ! pardonnez-moi, prince, je ne vous avais pas reconnu.

Vous avez une bien belle fille. » Morfay se retourne vers Marceline, il a les traits d'un garçon de seize ans : « C'est ma cousine, elle est née dans un champ de blé, moi je suis né dans un champ de seigle. Vous pouvez l'embrasser, *mais ne la touchez pas.* Notre voiture nous attend devant la porte, nous allons à un grand bal masqué. »

– « Ah ! oui ? » fait la dame aux cheveux bleus. « Je m'inviterais volontiers, mais cela ne serait pas correct. J'ai dû perdre mon loup dans la forêt. D'ailleurs je n'en ai pas terminé ici, j'en ai seize encore à étrangler. Au travail ! » Et elle passe lentement dans un bruit de robes et de bottines. (Marceline remarque son manteau de chauve-souris.) Elle étrangle le meunier : « Mais tiens ! nous nous connaissons petit père ! » Le meunier pète. La dame regarde Morfay avec un léger dégoût : « L'éducation dans ces pays... »

Pendant ce temps, Mauda sommeille. Sa mère est à ses côtés dans son rêve. Elles reviennent d'un enterrement. « C'est moi qu'ils enterrent ! » s'esclaffe la Trine. « Regarde-le, Lui, regarde son masque, comme il est travaillé, et regarde où il prend racine : dans son cerveau, dans son cœur de tyran ! Et tu es attachée à lui ? Et tu te sens faible quand il t'embrasse et qu'il te parle ? Et tu te sens déborder de tendresse ? Je te souhaite bien du bonheur, autant que j'en ai voulu pour moi. D'ailleurs je songe à le reconquérir. Je me ferai monstrueusement belle, monstrueusement frigide. Dans ses bras je serai comme une statue. Sais-tu ce qu'il faut faire pour se l'attacher ? Rire de son amour, rire de sa prétendue grandeur, rire de lui ! Lui tenir le bout de l'oreille et se caresser sous les seins en gardant entre les paupières assez de feu pour lui déchirer la figure. Alors tu vois ses yeux hurler de rage, mais cela veut dire qu'il est effondré. Tu fais semblant de vérifier le tranchant de tes ongles et tu les mets, si possible, en valeur à la lumière. Intérieurement il transpire, il geint, il reçoit des coups de pied. C'est un lâche, tu entends ! Avant que je ne devienne folle, je ne savais pas. J'étais assez belle, je ne cultivais pas ma beauté. Dans ses mains j'étais disponible, je ne répondais pas à sa fureur, à ses muscles broyeurs de chair. Je l'aimais et je suis devenue folle. Il m'aurait demandé de manger ses excréments, je l'aurais fait. Maintenant il va me payer tout ! Regarde-moi faire… » Les cloches sonnent, les gens sortent du cimetière avec des fleurs pour la mariée, et Marianne Morfay, faisant soutenir le tapis noir de ses cheveux, apparaît, drapée dans un invraisemblable manteau blanc. « Où est le marié ? » crie-t-elle. « Tiens ! c'est toi ? Allez ouste, ne prends pas cet air ridicule, tu me ferais honte ! » Morfay suit, dans le délire sang et thé des roses jetées.

Quelqu'un d'autre raconte une histoire ? demande Morfay qui ajoute : une histoire de cul ?

« Ah ! oui ! oui ! » font les Trognes, sarcastiques et s'empoignant mutuellement la braguette. « Une bonne histoire de cul bien de chez nous. Ben Morfay, raconte-la, toi ? »

– Il était une fois, commence Morfay, une petite jeune fille qui jouait avec son index. Guili-guili !

« Ha ! ha ! ha ! » s'époumone le chœur.

– Elle était blonde, joli corps, tenez, tout le portrait de Marceline. Mais voilà, depuis quelques mois déjà elle avait des règles irrégulières…

« Ah ! non alors ! » s'indigne Marceline. Elle se lève, sort dans la nuit, elle court, elle galope, saute les talus – son sang hurle à la honte. Tant pis pour la dame aux cheveux bleus, tant pis pour l'étang, les monstres. Elle a des mains qui feraient le tour de l'horizon. Elle ne craint plus personne.

« C'est lui ma vallée d'illusions. C'est lui mon secret et mon jeu, mon marbre à conquérir. Se peut-il qu'il soit leur complice ? Je le croirais plutôt complice de leurs tares, voire de leur folie. Torture, va ! Mon cœur, est-ce possible qu'un être puisse vous faire autant de mal ? « Détester. Sa mère le détestait. Qu'en savait-elle, après tout ? Sa mère était une pauvre femme. Elle, elle souffrait, croyait-elle, le supplice de la septième mort. » Que lui ai-je fait ? Je suis tout ce qu'il veut, tout ce qu'il rêve, chacun de ses gestes. Je suis sa richesse insoupçonnée. Je peux changer de monde et de visage pour lui plaire. Je peux aller au-delà de ses pensées et l'attendre ici, derrière un arbre, au bord d'une route ou en pleine mer. Je suis sa multiplication par dix mille. S'il me fait confiance, je sais le guérir. S'il me tend sa main, je sais la prendre comme personne n'a su la prendre avant moi, comme personne ne saura jamais la prendre comme moi. S'il faut devenir sorcière, je veux devenir sorcière, je ferai germer le soleil quand il trouvera qu'il fait noir. Que puis-je faire encore ? Tout. » Marceline tu as tort. Marceline c'est de la passion. Marceline ! Marceline ! « Je détruirai ses ennemis. »

– Marceline ! hurle Morfay dans la campagne.

« Je vais le laisser appeler, médite-t-elle.

Quand il aura la gorge tarie, il retournera boire là-bas. Et moi qui lui trouve de la noblesse ! Je suis toquée. »

– Marceline ! Hou-hou !

« Marceline, hou-hou, tant que tu veux, regimbe-t-elle, ça t'apprendra. Si j'étais changée en sorcière, vous verriez un peu ! Je ferais comme la dame aux cheveux bleus, je les étranglerais tous et *lui,* je lui dirais : Coucou ! c'est Marceline ! »

– Allons, reviens ? fait la voix tout près.

« Reviens, reviens ? La crotte. Couche avec ta Jeanne si tu veux. Moi je serai la maîtresse d'Albert. Ça fera bien, non, Marceline Morfay avec un valet de ferme ? Il paraît qu'il a le plus beau machin du pays. Hi ! hi ! »

– Marceline, tu es en train de me faire marcher !

« Oh ! ne supplie pas comme ça, je te connais… »

Le voilà ! Marceline fuit parmi les fougères. Elle crie :

– Tu peux courir, mon vieux !

– Marceline, tu es ridicule !

– C'est toi qui es ridicule, se libère-t-elle, retourne donc cuver ton vin avec tes imbéciles !

– Bon. Tu auras de mes nouvelles.

Cette ultime réplique sent la naphtaline et le couteau. D'où cela lui revient-il ? « Ah ! oui, le cauchemar, la grand-mère… » C'est celle-là qui l'a intoxiqué jusqu'à faire de lui sa chose : « une sainte, elle avait le défaut de ses qualités », fallait-il l'en croire, lui. « *Je suis en train de faire construire au lieu-dit La Vallée, à Querlas exactement où j'ai acheté quelques hectares de terrain. Mais on y meurt de solitude. Aussi je t'en supplie, prends le train dès que tu auras reçu cet argent, même si Marianne ne peut pas t'accompagner – je ferai sa connaissance une autre fois. Viens. Je vous embrasse affectueusement tous les deux. Votre mère.* » Marceline a lu leurs lettres : Morfay a conservé tout ce qui lui rappelle sa man, jusqu'à cet appareil qu'elle a dû porter à cause de son cancer du rectum, un *anus artificiel.*

Petit théâtre de Marceline.

Morfay :

– Qu'est-ce que tu décides aujourd'hui ?

Marceline :

– On va s'amuser, tiens ! Cette question ?

Morfay :

– Parce qu'on s'accroche à ce monde qui meurt.

Marceline :

– On s'accroche ensemble, non ?

(Cette nuit-là, ils rentrent soûls tous les deux. Ils se soulagent au milieu de la cuisine.)

Petit théâtre de Morfay :

– Tu as eu des trucs avec Albert ?

– Qu'est-ce que ça peut te faire ?

Morfay :

– Ça pourrait me faire quelque chose.

Marceline :

- Eh bien, rouspète au moins !

Morfay (à part).

– Je ne suis pas encore tout à fait son père… *Ça viendra…*

6.

Mauda récolte les excréments du père au milieu de la cuisine. Elle y est habituée depuis quinze ans, aussi vide-t-elle sa pelle dans le jardin avec la plus grande paix. Morfay serait déjà levé qu'il s'amuserait énormément. Car le principe le séduit. « Ben quoi, j'ai envie de faire par terre, je fais par terre ! » « Mais oui, papa. » Mauda finit par trouver cela très bien. Vers le milieu de la nuit, elle l'a entendu faire des efforts au-dessous et tout à coup, son énorme rire a monté dans la maison noire : « Ha ! ha ! ha ! ha ! les salopards ! ils veulent me voler mes filles ! Coupées au saloir de la lutte des classes, pauvres mignonnes ! Et qui croirait les en sortir ? Albert ? Guillaut ? Le Prince Charmant ? » Et plus haut, dans les mansardes – les mansardes où la Trine a pourri : « Tous à escoffier, tous à enfermer dans des taules avec des pointes ! Et foutre le feu ! »

Mauda, seule et droite dans la campagne où traînent encore des plates-bandes de brouillard, se laisse déborder par une aube lunaire qui lui lèche la nuque et les cheveux. Solide et froide statue de Mauda, Mauda la frigide environnée de ronds de brume, tu guettes la fonte des ombres, l'irruption du soleil qui te montre son crâne herbu : il s'essore avec peine, il fait des pieds et des mains pour s'arracher à sa fosse de fougères mortes, il tangue, il roule enfin, tout fumant d'averses fraîches, presque lavé dans les croassements des corbeaux rouges, dégagé de la bouche des sillons toute lumineuse encore du voyage entrecroisé des limaces. Alors tu reprends tes outils de jardin et tu chemines entre les plants de fraisiers dont tu as cueilli, pesé les fraises. Puis tu récolteras les tomates – « les tomates de Morfay sont *effarantes* » – et tu les mettras à mûrir dans le jardin et sur toutes les fenêtres « du devant ». Il ne faut pas te décourager. Si tu n'apprends pas la grammaire, tu trouveras peut-être quelque beau mâle dans le chemin de Querlas où tu pousses ta voiture à légumes, quelque beau garçon d'écurie qui t'expliquera les chevaux, et peut-être s'élancera-t-elle dans ta croupe cette flamme sur laquelle tu te précipiteras. Sois patiente. Les arbres, eux, sont philosophes et pourtant ils gueulent sous ta hache, et pourtant les voilà scellés dans des paysages inexorables où l'homme promène sa neurasthénie. Tu verras, des hommes viendront. Ils t'arracheront ta peur. Ils traîneront Morfay, sanglant, sur les cailloux. Ils te feront la reine de ton potager, toi qui en es l'esclave ! D'ailleurs, si tu sors de ce livre un jour, ce sera pour ne plus jamais revenir. Surtout n'apprends pas la grammaire, tu es belle avec tes mains calleuses. À l'automne les pommes vont avoir besoin de toi. « Les pommes de Morfay sont les plus belles. » Allons ! Morfay n'existe pas en dehors de toi, Morfay c'est toi. Sans toi que serait-il ? L'une année après l'autre, c'est toi qui as construit ton père. Mais il ne tient pas plus que cet épouvantail dans le jardin.

Mauda cultive son désespoir en friche. Elle en extrait le

pissenlit et le chiendent, elle en cajole les fruits noirs d'une main chaste, elle met le feu aux bûchers de ronces qui parfumeront les jours et les soirs, elle verse le purin vert aux terres gourmandes. Puis elle prépare les stocks de bois d'hiver que croqueront les cheminées autour des bottes de Morfay. Lui, dira, sur le soleil des âtres glauques : « Tu es ma biche, ma douce, ma châtelaine. J'aimerais ces foyers flanqués de chiens loups et, pour toi, des coiffures d'argent, des vitraux de toutes les couleurs. Quand j'avais sept ans, j'habitais avec ma mère la plus vieille maison de la ville. Il y avait des chiens et des vitraux et des meubles sans symétrie que fermaient d'énormes clefs de fer. Ma mère portait ces clefs à la ceinture. Elle allait par toute la maison avec le cliquetis sur elle, de sorte que je savais à quel étage elle se trouvait suivant le bruit. Quelquefois, la nuit, ça me donnait des frayeurs. »

Mauda se jette sur les lépiotes du matin qu'elle fera cuire pour lui, pour l'un de ses clins d'yeux cicatrisants après le flot de meurtrissures : « Tu te débrouilles comme un manche, ou tu es complètement idiote comme tu l'étais le jour où ma mère t'a menée chez un oculiste et que tu as fermé les deux yeux à l'examen. Ou bien c'est l'hérédité. Ta mère non plus n'arrivait pas à préparer les repas à l'heure. Ah ! vous m'en aurez fait du mal, toutes les deux ! » Il accuse, il saccage, il décharne, il tue. Le souvenir de la Trine pue le champignon mort, et la fillette prend déjà ses propres écarts, ses élans, ses naïvetés, ses cauchemars, pour de la folie. Elle s'éreinte aux champs, elle se soigne avec de lourdes soupes, elle émonde son cœur à coups de masse, elle crache machinalement sur sa mère, en acquiesçant, en vomissant, en buvant ses larmes dures dans le giron des nuits désertes. « Dis-moi que tu m'aimes, dis-moi que tu es ma fille, sanglote-t-il sur son épaule, j'ai trop bu ce soir, ils m'ont fait trop boire, ils m'ont trop parlé de ma mère. » Ils pleurent tous les deux, leurs dents claquent comme si quelque effroyable monstre les avait retranchés au fond de la maison, en occupant toutes les pièces, en condamnant toutes les portes. Les horloges escortent leurs semaines, le temps souffle dans le tourbillon de leurs gestes, et le soleil se glisse parallèlement à leur usure sous le nuage qui bâille à leur cécité. Le temple de leur condamnation se monte avec les arbres de la forêt, avec le blé que l'on moissonne sur la berge des rivières sacrées, avec les sabliers du monde moderne qui se vident dans l'horizon. Un secret échangé leur donne parfois le goût de l'ivresse à la faveur d'une même promenade. Mais ils se disloquent aussitôt si quelqu'un les a vus ensemble : « B'jour, m'sieur Morfay. C'qu'a pousse vot' Mauda ! » C'est un départ, à tâtons chacun vers sa tanière de ténèbres, la mansarde et les corridors illunés, le blé que l'on fait couler dans ses doigts sous la lucarne-souricière-attrape-nigaude et attrape-myopes. Elle, Mauda, vient causer avec le spectre de la Trine, la Trine aux pieds bleus, à la chemise donnée pour la mise en terre, elle vient retrouver un débris de miroir qui la rappelle, le miroir brisé par la folie ! Souvent au long de longues nuits de pluie, lui voit le plafond se mouvoir, il entend : « Maurice, il faut que tu me laisses partir. Écoute-moi, laisse-moi partir. Je veux les voir une dernière fois. Ils vont être bombardés. Laisse-moi. Je me sens devenir folle. Ma mère est boiteuse, elle ne pourra pas les suivre dans l'exode. Nous allons être bombardés ! Nous allons être bombardés ! » – « Tais-toi, dit Morfay d'une voix creuse, c'est la guerre. Ha ! ça, tu vas te taire ? Puisque je te dis que non ! Tu ne partiras pas ! » – « Maurice, Maurice, chantonne la voix, je me jetterai dans l'étang comme la fille du meunier. Je n'irai plus jamais au bal, déjà je ne sais plus danser. » – « Tu vas te taire ? » dit Morfay tout haut. « Maurice, embrasse-moi, continue la voix, tu ne veux pas me voir, tu ne peux plus me regarder en face. » Morfay se lève avec un bruit de bottes, ouvre la porte de la chambre de sa femme, et plonge la jambe sous le lit jusqu'à la cuisse. Et puis il frappe le lit, il frappe comme pour un meurtre et le silence lui répond par ce cri qui se prolonge loin, très loin dans l'accablante incertitude. Les gouttières autour du toit rient comme des idiotes. Le silence : « Laisse-moi, laisse-moi, pars en Allemagne et délivre la boiteuse de sa misère : les six étages se sont effondrés sur la famille ; elle est sauve, mais elle va mourir d'un jour à l'autre. » – « Non, je n'irai pas », répond-il. Dans son sommeil il est un autre. Les Allemands l'appellent Morphée et il sauve la boiteuse.

Solitude de Mauda. Solitude de la statue. De l'automne elle rapporte des brouettées de feuilles vieillies dont elle fera le fumier. Elle arrosera les feuilles de crottes de lapin. Mauda dépiote les lapins entre deux arbres. Leur peau ira garnir les pantoufles de Morfay. « Je lui ferai des pantoufles neuves avec la *chupette* de mes *lappas* », complote-t-elle. « Si je trouvais un loup dans la forêt, je lui rapporterais la peau, je la jetterais sur la table de la cuisine : « Tiens, je l'ai trouvée, tu la veux ? » Si Morfay disait : « Non, je ne la veux pas. Fiche-moi ça dehors », Mauda flanquerait la peau dehors. – « Tu me rapportes toujours des tas de trucs, des hiboux, des petites pies malades – encore ça c'est amusant, mais une peau ? » Morfay s'aidant d'une aiguille à tricoter, avait crevé les yeux des pies, il avait embroché le hibou. « C'est assez marrant, ça passe le temps. » L'un des vertiges de Morfay – celui que donne la cruauté. Du temps de la dame aux gants noirs, il avait un chien, Kiki-Plomb, qui l'accompagnait dans ses cuites et qui lui léchait la figure quand il ne pouvait plus se relever. Un jour Kiki-Plomb avait refusé de le suivre. Morfay, de rage, l'avait enfermé dans un sac, l'avait lardé de coups de couteau. « De grâce, pas de détails ! » avait protesté sa mère, qui ne voulait pas entendre parler de la souffrance. Il y avait eu une époque où la jouissance favorite de Morfay c'était d'enfermer les chats dans le four. La Trine retirait la chose grillée le lendemain et pleurait de vraies larmes de haine : « Le tyran, le misérable salaud ! » Là-dessus, la dame aux gants noirs vaquait à la défense de son fils. Quelle défense ! Quels arguments ! Elle aurait trouvé des grâces à l'Adolf où les lui refusait dans son patois, cette effrontée. « Regardez vos compatriotes, ce qu'ils font griller dans les fours !... pas du chat !... Vous y seriez passée vous-même dérangée Rosa Luxembourg ! Louise Michel boche !... » Quand elle était à court de phrases, le torchon mouillé valsait ou la serpillière : « Tenez, pour les camps de concentration ! Tenez pour les vampires ! Tenez pour votre folie ! » Et Morfay continuait d'habiller les chats avec des robes de poupées. En attendant que sa mère, transportée, fasse éclater dans les trompettes de furie un alexandrin redoutable : « C'est vous qui lui donnez ces instincts meurtriers ! » il leur enfonçait des suppositoires d'allumettes auxquels il mettait le feu.

Mauda s'accroupit, débarrasse les plants de fraisiers de leur couronne de pissenlits. Elle avait quatorze ans. Elle se trouvait dans cette position, quand brusquement, en relevant la tête, elle s'était trouvée face à face avec un monstrueux pénis dressé que l'homme poussait vers sa bouche dans un mouvement irrésistible. Le soleil s'était répandu dans sa tête. D'un saut des épaules, elle s'était arrachée de l'homme et lui avait frappé le membre à coups de houe. L'homme s'était enfui, plié de douleur. C'était Guillaut. Mauda s'épouvantant des conséquences de son geste, avait raconté sa honte à Morfay : « J'ai tué cette grosse bête. » Morfay, lui, guilleret comme le merle, s'était rendu chez les Guillaut, il avait fait chanter le garçon. L'autre avait donné toutes ses économies, moyennant quoi Morfay lui proposait son amitié : « Dorénavant quand j'aurai soif, tu me paieras à boire. » Morfay s'en était rendu compte : il y avait là une veine à exploiter. Il dressa des plans : « Je ferai venir des gars à la maison qui seront les courtisans de Mau. Chacun apportera son litre et, si je me débrouille bien, peut-être même en tirerai-je du pognon. » Ses projets aboutirent. Mais les prétendus amants comprirent vite qu'il y avait là comme un « sac à nœuds ». Mauda la belle n'entendait pas l'amour et lorsque les marlous la touchaient un peu, les yeux de Morfay menaçaient comme des obus. « Pourvu qu'elle n'en aime pas un, à force, ça serait la catastrophe. » Et puis Mauda sépara deux « biseurs » qu'elle surprit dans les fougères. « Vous allez lui faire du mal », dit-elle au garçon. Hélas ! celui-ci fréquentait chez Morfay. L'histoire se répandit comme une hémorragie, éclaboussa le pays. La vertu de Mauda mit sur tous les visages le point d'interrogation finaud qui se penchait sur Morfay ivre – « quand il est cuité il parle ». – « C'est vrai qu'elle gifle les hommes ? » Morfay ne trahit jamais son secret. Il pensait : « Elle n'aime que moi, les autres sont des foutriquets tout juste capables de boucher un trou. » Une nuit, tous l'avaient poursuivi dans la campagne, les anciens amants et les autres. Ils étaient les talus, ils étaient les fougères, ils étaient la forêt aux trousses de Morfay, menaçants avec leurs figures de cadavres futurs, s'accrochant aux semelles de Morfay, s'agrippant au pantalon de Morfay, à son sexe : « Ça serait-y pas lui qu'elle veut, cette garçonne, avec sa tête de chat ? » S'ils l'avaient osé, ils auraient ouvert la braguette de Morfay, « on aurait vu ce qu'il pouvait lui donner, c'est jamais que de la bite ». Morfay courait, faisait rouler les pierres. En lui, le tumulte. « Ils veulent savoir. » Il tendait des bras désespérés vers la lumière de Mauda : « Maudette ! Maudette ! » La rivière s'arrêtait de tourner et la masse noire des poursuivants escamotait la blanche, des champs, encerclait la maison de la colline. On jetait des pierres dans les fenêtres. Morfay, tremblant, se réfugiait dans les bras de sa fille : « Ils veulent savoir… savoir… » – « Qu'est-ce qu'ils veulent savoir, pa ? » – « Je l'ignore, ils sont là dehors autour de la maison. Chasse-les ! Chasse-les ! » Mauda se mettait à la fenêtre et l'empire sourcilleux des ombres reculait alors jusqu'à l'horizon.

Le soleil, debout dans les arbres, casse les branches mortes, grignote. « Sacrée sécheresse », pense Mauda qui va regarder les citernes. « Il va falloir économiser l'eau. » Marceline apparaît à ce moment-là, robe virevoltante, les cheveux emmêlés, à la main une cuvette.

– Fais attention à l'eau.

– Il faut bien que je fasse ma toilette, non ?

« Oh ! celle-là, l'importune, qu'elle aille au diable, alors ! Elle se croit toute seule ici : sa citerne, sa fosse à merde, son jardin ! » Marceline fait couler l'eau sur la pierre. « Il faut bien que je la fasse couler, d'abord, la première est toujours caca. »

– Eh bien ! tu contrôles ce que l'on prend maintenant ? Quand il n'y en aura plus, tu prendras celle de la rivière.

– Ne te vexe pas, dit l'aînée. Je prévois seulement la sécheresse.

– Bon, bon, grogne Marceline. Alors fiche-moi la paix.

« Qu'est-ce qu'elle a ? Qu'est-ce que j'ai bien pu lui faire ? » se demande Mauda. « Ça serait si bien, si nous pouvions nous entendre. » Et elle rejoint ses champs de fraisiers, un peu plus triste, un peu plus solitaire, désolée de tous ces souvenirs qui sont venus en voisins sans aucune intention blessante et qui doivent repartir nauséeux et mornes, les mains vides, chamboulés par Marceline comme de vieilles photos dans une armoire à linge.

7.

Marceline, à cheval sur le murtin devant l'entrée, se laisse picorer par la chaleur. « C'est vrai, je n'ai pas de culotte », réfléchit-elle en flairant l'odeur de son sexe. « Mais ce soleil, ça fait tant de bien. » Ses pieds nus se tendent vers la terre, cherchent la détente : « Hue, le murtin ! Hue, la maison ! En route ! » Et « dagada, dagada, dagada ! »

– Viens déjeuner ! commande Morfay

– Dis-moi ce qu'on bouffe, je te dirai si je viens, riposte-t-elle insolemment. Elle entend un bruit de chaise bousculée et Morfay, l'air menaçant, apparaît dans l'entrée :

– Descends de là !

Marceline voit le visage interrogateur de Mauda se plisser au bout de la cuisine. La main de Morfay désigne la table, le couvert mis. « Oh ! Oh ! le vilain monsieur, c'est qu'il se mettrait en colère ! » s'amusent les yeux de Marceline :

– Non, tout compte fait, je suis bien là.

– Bon. C'est bon.

Morfay lui donne deux gifles.

Marceline se laisse glisser lentement du murtin à terre :

– Sale type, va !

« Tout ça c'est à cause d'hier soir », riposte-t-elle en dedans. « Parce que j'ai refusé de te suivre quand tu m'as appelée. Eh bien ! tu y retourneras tout seul chez la Louisette, mon petit vieux. Ne compte pas sur moi, maintenant. »

Marceline passe derrière la maison. Il y fait frais. Les citernes dorment. « Quel tour *leur* jouer à ces deux-là ? » L'odeur de son sexe lui revient, insiste. Sa nudité l'écœure, elle a tout à coup comme un besoin de se vêtir. D'abord « me venger », complote-t-elle.

– Ha ! ha !

Elle fonce sur les citernes, ouvre les robinets à fond. L'eau trébuche, bientôt exulte. « Du joli travail ! » Marceline jubile. « Merveilleux ! Étourdissant ! La tête de Mauda quand elle verra ça ! Sa tête à lui, ce cochon ! »

Les robinets toussent. Cataracte. Paroxysmes. Des fleuves de réconfort noient les pieds de Marceline.

– *Wonderful !* s'exclame-t-elle.

L'eau se répand enthousiasmée que la terre suce jusqu'à l'épuisement des racines. Les oiseaux se tapent sur l'épaule : « You-you ! Y'a des vers dans la fontaine de Mauda ! » – Quant à Marceline, elle empoigne la terre, elle s'y vautre avec béatitude, partageant ce bain avec elle, se mouillant les cuisses, s'aspergeant le sexe, y retournant les orteils et la tête, toute en gloussements, toute en spasmes, se maquillant de boue, s'étranglant du parfum des herbes assouvies cependant que l'eau fait pacifiquement le tour de la maison.

À la cuisine, lui finit de déjeuner. Son menton hargneux dégoutte de sauce.

– Si dans une demi-heure elle n'est pas là, je t'assure qu'elle aura de mes nouvelles ! Tu as vu ? Ce culot ?

Mauda ne sait pas répondre. Elle est presque reconnaissante à Marceline de son javelot de lumière piqué dans le visage de midi : « Sale type ! » – presque admirative, presque joyeuse, se défendant contre sa fièvre par d'invraisemblables monologues : « Cafetière, filtre, café, remplir la casserole, faire bouillir maintenant, là : verser. Puis faire la vaisselle : son assiette, l'assiette de la sœur. – Mais quoi, la sœur n'est pas venue dîner ? C'est bizarre, joue-t-elle, décidément c'est très bizarre. Alors qu'est-ce que cela signifie ? » Les cils de Mauda caressent de loin l'assiette de Morfay. Osera-t-elle ? Osera-t-elle pas ? Elle lui vole son image comme on vole une photographie. C'est fait. « Il a l'air colère. Les sourcils d'abord, et puis les mâchoires. Et sa cigarette ! On dirait qu'il va la manger, sa cigarette. »

– Dis-donc toi, au lieu de fourrer le nez dans ton fourneau, quand ça arrive, tu ferais pas mal de lui foutre une bonne correction. Seulement c'est toujours pareil : on dirait que tu as peur qu'elle te bouffe. Ha ! là, ma pauvre Maudette, tu ne sais pas te débrouiller. Si je n'étais pas là, je ne sais pas comment vous feriez toutes les deux, ça serait sûrement du joli !

Mauda remplit sa tasse – une tasse de vieux chine – qu'elle fait déborder maladroitement : elle le sert à distance, ce « pauvre Maudette » l'a si bien remuée qu'elle fait bêtises sur bêtises.

– C'est ça, renverse le café, tu pourrais faire attention ?

Il la rendrait complètement passive. Il est sa clef, son remontoir.

– Quelle heure il est ? Parle, bon Dieu, ce n'est pas après toi que j'en ai !

– C'est une heure, je crois. Voilà le train qui passe.

– Il faudra me faire réparer la pendule dans le vestibule. On ne sait jamais l'heure, ici.

La fille acquiesce. Elle court y voir de ce pas.

– Où vas-tu ? gueule-t-il.

La Mauda tremblante :

– J'...

– Tu feras ça tout à l'heure. J'ai besoin de toi ici. Passe-moi le journal !

« Frrt, frrt, frrt, frrt, frrt : Grèves dans toute la France. La fillette se tue. Secret militaire et secret d'État. L'auto s'écrase contre un mur. Les communistes à la tribune. Le Parti communiste français. (Merde.) Un train de démobilisés saute à Batna. (La quille du diable.) Devront être équipés d'armes nucléaires tactiques. Le succès de vos enfants. (C'est l'cas d'le dire. Succès garanti « du tonnerre ». Le Cigare de la protection de l'enfance !). Vacances, strip-tease et corrida. (Certes, mais encore ?). *Cela deviendrait de plus en plus difficile, il est vrai, l'Union Soviétique se figurant que l'Occident est en pleine crise.* Coexistence nécessaire à la paix du monde. (Bande de cons !) »

– Fous-moi ça en l'air.

Morfay se déplace jusqu'à la banquette et s'y affale. La bombe atomique... Ah ! ça serait marrant... Un éclair, le feu, les moissons brûlent, la vieille femme de l'incendie abandonne sa peau, les sexes tombent, la procession des morts pulvérisés, la mâchoire des immeubles, le monde retourné comme une poche, le noir dans les orbites de Mauda, la peau déchirée des fesses de Mauda, les seins de Mauda, Mauda, Mauda. Tu es le jouet de mon obsession. Tu es le corps plié qui ne se rend pas, qui ne se plaint pas, qui ne sourit pas. Tu es l'arbre où j'exerce ma cruauté – dont j'entame l'écorce ; pure, tu es le pain blanc de mon vice, le mur contre lequel je pisse, le baiser qui n'a pas de bruit, le chagrin sans morve, le muscle d'or. Tu es le morceau de mon âme, plus brut que l'autre, plus *statique,* tu es la propriété absente de mon corps, la consolation, la fenêtre au milieu de la Vallée, l'oreille de mes complexes : Ma lumière empoisonnée, mon venin circulaire ! Te garder dans mes bras chaque fois que tu te résistes et que je vois se manger d'ombre ta figure comme la terre au passage d'un nuage. T'apporter des roses, des coiffures d'argent. Boire le sang où je te frappe. Martyriser tes oiseaux. Puis accabler ta tête de veilles, casser tes hanches de fatigue, et les dorloter, et garder tes poignets scellés dans les couvertures et ma tête sur ton ventre. Te donner le plaisir. Te voir pleurer. Te donner des présents. Et les détruire. Mauda, Mauda, le soleil fond, les moissons brûlent, et toi tu tombes en arrière, les yeux ouverts, la bouche ouverte, sans un mot, les doigts enfoncés dans la tomate que tu cueillais, ma Maudette morte sans colère, ma Dédette parfaite et résignée, emportée sous le trèfle par le mouvement de la planète vide, vide à jamais de toi – vide après toi, vide et noire ! Mais celui que l'on porte au ciel, mais celui que l'on abandonne dans le silence de Dieu, c'est moi, moi Maurice Morfay, moi ton père. On le condamne à la grande folie, on le fait descendre aux enfers ; et je te croise, je te croise pendant la descente, et tu me souris, et tu souris à mes juges, et tu fais un signe de la tête : « Non, rendez–le moi ! » Car tu sais que je t'aime, et de t'aimer comme je t'aime c'est monstrueux. Car tu sais que tu es mon épreuve dans ce monde et que s'il en existe un autre, il faudra me sauver dans celui-là. Alors tu me sauves tout de suite, et l'ascenseur remonte vers le silence de Dieu. Tu retournes en moi pour toujours. Mon âme désormais tranquille est de vent et de silence. Ma petite Maudette, ma poussière !

Mais de l'autre côté de ton âme, Morfay, il y a ce lutin-lutteur de Marceline, une Marceline aux yeux de truie en X, une Marceline rebelle dont tu feras peut-être, sinon ton vice, du moins ta vertu secondaire. Tu espérais faire d'elle un bon couteau à découper ta Maudette en mille morceaux de douleur, en mille petites tranches de jalousie. Quoi, Marceline ? – Oui, Marceline, avec son intelligence trop vive et ses dispositions à la paresse, Marceline, l'œillet, le vin, les cigarettes et, pardonne-moi, le « goût du drame ». Un instrument magnifique, n'est-ce pas ? Il distraira ta solitude, il tisonnera ton orgueil. Et qui sait si, plus tard, le temps aidant, l'une des portes de la chambre condamnée de ta Maudette ne finira-t-elle pas par céder, toi te précipitant sans contrôler ton rire, ton rire se cognant dans la maison noire au cadavre de Marceline, *pendue*, et se balançant gravement au gré de ton atroce rire ? – Tu sais l'amour latent de Marceline et tu connais son goût prononcé pour l'œillet – tu l'as surprise ! Tu as reconnu ses regards « aventureurs », ces regards qui courent sur toi comme des chapelets d'araignées, qui te font exagérer à souhait ta mollesse, les tourbillons de la fumée de ton tabac et ton propre regard à toi, mi-cruel, mi-voluptueux, – initiateur. Que souhaites-tu faire de Marceline, sinon la sœur jalouse de la sœur, la femme solaire s'insurgeant contre la femme-statue ? Morfay, tu ne manques pas d'imagination. Mais, attention à la femme-statue ! Tu as ligué contre toi des fantômes. Les fantômes se souviennent de toi. Ce ne sont pas des aunes de brouillard qui traînent entre terre et nuit, ce sont des fantômes, des corps qui habitent ta chambre, tes couloirs, les chemins où tu marches. Ce ne sont pas les escortes lunaires qui te suivent quand tu reviens de Querlas ivre en beuglant tes épouvantables chansons. Ce sont les objets que tu touches, les vêtements que tu portes, le lit où tu te couches. Ce sont tes gestes, ce sont tes rêves. Ils t'observent. Ils assistent à ton existence. Ils sont en marche quand tu marches, ils se couchent quand tu te couches. Et là, leurs doigts méticuleux tissent autour de ta cervelle d'interminables forêts crépusculaires et des précipices germeux où leurs os pourrissent toujours. Ici la Trine a combattu contre de grands vautours célestes. Ils ont coupé sa tête bleue à coup de bec et l'ont accrochée au fronton de leur empire. Et cette tête parle, parle, et les précipices s'ébranlent, et tous les morts, debout, écoutent la voix immense de la Trine, et cette tête parle, parle, et parle interminablement. Il est question de Mauda, de protéger Mauda, Mauda, d'entrer dans ses rêves, de faire craquer la pendule – pendule, de chuchoter parmi les arbres – les arbres. Et les morts secouent obstinément la tête comme pour dire : « Il n'y a rien à faire, rien. »

Méfie-toi, Morfay, méfie-toi.

« Toute l'eau », constate Mauda.

Elle tourne machinalement les robinets, s'y cramponne comme une désespérée, court à l'angle de la maison, revient aux citernes, repart, recommence cela plusieurs fois, la tête aussi vide que les citernes. « Tout est parti. Tout est à sec. » Que faire ? Geste de Mauda, de la Mauda fataliste. Et les mots, douloureusement, toujours : « Toute l'eau ! Toute l'eau ! »

Sans comprendre, elle regarde Marceline, la bouche pleine d'herbe et la figure sale de sa sœur, elle écoute la chanson narquoise :

Vivre sans souci, boir' du purin, manger d'la mê-erde
C'est le seul moyen de ne jamais crever de faim...

– Qu'est-ce qu'il y a ? lui fait Marceline.

Rauque détresse de Mauda :

– Toute l'eau… Partie !

– Eh bien ! quoi, tu iras à la rivière avec tes seaux ? Na, na, na ! *Sans souci… manger d'la…* Ne reste pas comme ça, fais quelque chose, allons ?

Mauda ne sait plus. Fichue. Désemparée. Les fraisiers grillés. Les fleurs. Et l'eau pour la soupe ? Et les bains de pieds pour lui ? La vaisselle ? Elle en a la bouche séchée.

– Au lieu de chanter, dis-moi ce qui a pu arriver ?

– Tu es donc bouchée ? éclate Marceline. C'est moi qui ai fait couler l'eau ! Maintenant va-t'en, tiens, tu me fais pitié avec ta figure !

Mauda s'en va comme un personnage de film, son chignon défait sur son épaule, et cette longue épaule disloquée, misérable, automatique. Comment prévenir Morfay ? La rage de Morfay qui sortira par toutes les fenêtres, dragon royal poussant sur elles deux, blanches et amputées de leurs réflexes, l'énorme ruissellement de ses langues vermiculaires ! Les coups. Les coups de Morfay sont des chiquenaudes auprès du déchaînement possible de sa folie.

Se dénoncer. Mauda ne tremble pas devant le sacrifice, – à vrai dire, elle ne sait pas ce que c'est que le sacrifice, elle est née sacrifiée le jour où Morfay l'a prise dans ses bras pour lui montrer sa terre, « cette terre qui vaut des milliards », – « Tu la cultiveras quand tu seras grande, tu vois, elle t'attend ! » Elle s'est senti pousser des ailes à ce moment-là. Aussi décide-t-elle de ne rien lui dire. Elle ira remplir les seaux à la rivière. La rivière est à huit cents mètres, la source la plus proche où elle puisera son eau de cuisine se trouve à un kilomètre de là, dans une direction contraire. D'un côté comme de l'autre, il y a toute la côte à gravir. Et pas un seul petit nuage à l'horizon – si, peut-être, mais si loin, si loin…

Elle revient sur ses pas :

– Il vaut mieux ne rien dire au père. J'irai prendre l'eau là-bas.

Marceline – c'est le triomphe :

– Moi je lui dirai. Je lui dirai que c'est toi qui n'as pas fermé les robinets.

– Ce n'est pas la peine, tu sais. Je vérifie toujours les robinets. Il ne te croira pas.

– Oh ! si. Nous verrons bien s'il ne me croit pas. Elle rampe jusqu'à sa sœur. Je sais ce que je lui dirai. Je le connais. Toi ? Non. Tu as vingt-six ans, mais tu es bête comme ton tablier, tu ne sais pas ce qu'il faut faire, tu n'es pas capable de lui tenir tête. Moi j'en ferai ce que je veux. Regarde-moi.

Mauda croit entendre une voix, très loin dans le nulle-part, qui fredonne : « Sais-tu ce qu'il faut faire pour se l'attacher ? Rire de lui. » Les cloches sonnent, les gens sortent du cimetière portant des fleurs pour la mariée, et Marianne Morfay, faisant soutenir le tapis noir de ses cheveux, apparaît, drapée dans un invraisemblable manteau blanc.

Marceline précède son aînée dans la maison.

Morfay est allongé sur la banquette.

Il dort.

– Triple idiote ! Te voilà plus avancée, hein ! C'est intelligent, ça te ressemble ! Si je m'écoutais, je te ferais remplir de nouveau ces citernes avec l'eau de la rivière. Manche à balai ! Mais où as-tu la tête ? Il pince l'oreille de sa Maudette, l'écorche avec les ongles.

– Où as-tu la tête, hein ? Où as-tu la tête ? Tu vas répondre, sacré tonnerre de charognes, où as-tu la tête ? Ah ! tu refuses de répondre ?

Morfay lui met le pied dans le derrière.

– Tiens, ça te donnera peut-être une idée.

Mauda ne veut pas pleurer. Elle fixe le soleil dans l'une des fenêtres.

– Vas-tu te secouer un peu ? Ça fait trois plants de fraisiers dans la journée, ça vient s'asseoir pour traînasser à son *quatre heures,* ça fait du café bouilli, et ça trouve le moyen de laisser se vider les citernes. Ah ! non ! non ! non ! Ça changera, ma petite fille. Si tu ne veux plus rien foutre, ne t'y prends pas de cette façon-là, tu risques de t'attirer de gros, gros emmerdements. Alors réponds-moi tout de suite, sinon ! Où as-tu la tête ?

– Là, fait seulement Mauda qui se touche le front.

– Quoi, tu te fous de ma figure ? Tu vas répondre correctement, oui ou merde ?

« Elle est pas fichue de dire merde », s'amuse Marceline. « Tout à fait idiote. »

Mauda, blanche et droite comme la pluie, a dans les yeux une horloge d'or, une merveilleuse horloge qui ne sonne que pour dire oui. « Oui, donne–moi des coups de pied, oui, fais mal. Ça me changera pas : je t'aime. » Elle vient de prendre conscience d'elle-même, de son volume, d'un coup sa vie lui est montée en tournoyant autour de la gorge, faisant la nuit sur sa figure. Un nuage est sur le soleil. Alors elle regarde ce nuage et elle se met à balbutier en elle les mots affreux mêlés aux mots d'amour : « … la Trine, viens à mon secours, parle-moi, dis ce qu'il faut faire, dis ! Je l'aime et je reste là pour récolter ses coups et ses baisers et son rire. Je m'accroche à lui parce que je n'ai pas su m'accrocher à toi, t'empêcher de mourir. Parce que je l'aime, il vient m'écraser avec ses pieds, avec ses poings ! Et parce que je suis bête comme mon tablier. Ce n'est pas parce qu'il me fait du mal que je voudrais savoir si je dois partir ou si je dois me tuer, c'est parce que je l'aime tout seul, pour ça, pour rien. La Trine, viens à mon secours… »

– Parle, sacré bordel de Dieu de …

Un éclair horrible coupe la phrase de Morfay.

La foudre est tombée dans le jardin.

8.

« Moi j'en ferai ce que je veux. Je veux et cela suffit. » Litanies de Marceline que la pluie approuve sans faiblesse. – « D'ailleurs je suis belle, il n'a qu'à me regarder, je la vaux bien, cette idiote. » – Nouveau rire de la pluie. « Ho ! après tout, je ne ferai plus attention à elle, je l'ignorerai. » Autre rire de la pluie. « C'est dommage qu'il pleuve, j'aurais voulu la voir avec ses seaux ! » Petit toussotement de la pluie. « Est-ce qu'il couche vraiment avec ? » Silence de la pluie. « Je les suivrai. Je leur ferai du chantage. » Acquiescement de la pluie. « Pour le moment, rien, c'est assez piteux, on ne rigole pas *bézef.* » Philosophie de la pluie.

Dizaines de pluies. Périodes de pluies.

« La barbe », souffre Marceline, et pour calmer son impatience elle entame la bibliothèque.

Morfay dort toute la journée.

Mauda fait la lessive, repasse, recoud le linge. « Elle prend ses vacances », décrète-t-on.

« Si *quelque chose* pouvait lui arriver à cette garce », soupire Marceline, qui la surveille maintenant.

9.

Mais rien ne peut lui arriver à cette garce.

Viendront les jours d'ancienne colère avec les corbeaux qui s'assembleront sur les pluies de la moisson, ces pluies ascendantes, ces pluies toutes en plis, toutes en vertiges de tiges, viendront les jours qui s'assembleront avec les hordes, – corbeaux verts crachant l'horreur de l'or, ciel montagneux, couleurs de haine, – viendront les jours qui pousseront devant eux, en foules, les villes idiotes, le carillon des cathédrales et des poubelles et le chant des lendemains fixes, et les jardins empuantis et le remords des mers bilieuses, et le regard des animaux. Viendront d'abord les très subtiles défaillances de la foi, de la crédulité. Mais surtout l'énorme lassitude qui nous désaxera le monde et le ricanement de Dieu.

Morfay regardera les fenêtres verdir. « Ça y est, ils ont dynamité la planète. Mauda ? »

Morfay regardera sa fille s'éclairer. « Je vois la plaine dans tes yeux, et le fond des choses, et plus loin. Je vois un point noir, c'est le signe des races à venir. Nous allons disparaître.

Happés. Désintégrés. Nous ne nous verrons plus ma sainte… » Et Mauda lui prendra la tête dans son cœur, elle le cachera dans son cœur : « Tu ne mourras pas puisque je t'aime… »

Viendront les jours en soutanes ouvertes, portant les croix, les tabernacles, l'insolente bimbeloterie, viendront les migrations de philosophes-fabricants, sécrétant du voile et de la matière à procès pour gentils rhétoriciens pâles, eux résolument épris de *l'Homme* et très masturbés par *son destin* à travers le leur et soi-même, viendront les maniaques du christianisme, messieurs les missionnaires pédérastes, mesdemoiselles les illuminées dont les menstrues sont les stigmates et la foi les élans du sexe, viendront les petites catins, à leurs fesses les princes serviteurs aux bras chargés de tournesols de la folie, viendront les vieillards incendiaires, les poètes flottant sur la soie et l'opium, viendront les amants de la truie, les théoriciens de la fortune, les chirurgiens ès vanité : les lauréats de la révolution.

Et tous ceux-là traverseront le jardin de Mauda, et tous ceux-là renverseront la forêt de Marceline, levant les arbres, piétinant : « Pitié ! Pitié ! Fais quelque chose, sois des nôtres ! Morfay ? Morfay ? Donne-nous la vérité, montre-toi ! Nous t'avons méconnu, nous nous repentissons. Aujourd'hui conduis-nous, sois notre Messie ! »

– Au nom de qui, au nom de quoi ? demandera Morfay.

– Au nom de celui que tu es ! clameront-ils.

Morfay leur enverra sa déléguée, sa représentante. Son impératrice. « Va leur dire qu'ils se trompent, que nous nous aimons depuis cent mille ans dans la plus hermétique souffrance. Pourquoi ne sont-ils pas venus *avant* prêcher ici ce qu'ils appelaient « le devoir » ? Peut-être les aurions-nous écoutés sottement. Mais va leur dire que je suis ton amant. Dis-le leur très fort, dis-leur que je me console avec toi d'un premier mariage avec cette Allemande, ta mère, et que tu es mère à ton tour ; dis-leur que le père de notre enfant sera né du plus merveilleux des amants. Je n'ai que faire de leurs supplications et de leurs larmes. S'il leur faut un Messie absolument, que l'un des leurs prenne le commandement et leur casse les oreilles avec ceci : *Je ne suis ni la voie, ni la vérité, ni la vie.* Tant pis pour eux s'ils ne comprennent. Mais va, Mauda, va le leur dire. »

Debout sur la maison de la colère, Mauda parlera simplement, des tourbillons de mains l'acclameront, s'empareront d'elle ; « Parle encore, notre sainte ! Conduis-nous, toi ! »

– Je dois rester avec mon maître, dira-t-elle, je suis une servante.

Tous retraverseront le Jardin de Mauda, tous retraverseront la forêt de Marceline : « Halte l'enfance ! Halte l'espoir ! Nous avons vu la fille de Loth, elle va régner sur le monde ! Dieu, montre-toi ? Nous nous repentissons de les avoir laissés, pitié ! »

Mauda, prise d'une sainte panique, verra-t-elle le feu au bout de sa nuit inconsciente ? S'éveillera-t-elle enfin ? Sera-t-elle prise d'un coup entre son père et la foule, comprendra-t-elle la nécessité de choisir ?

Si le gigantesque traquenard de cet amour lui apparaissait soudain au milieu des cris d'un Morfay dépossédé, hagard, les mains ouvertes ? Si Mauda se mettait à suivre la foule, épousant en secondes noces la révolution du monde ?

Oh ! la folie alors, l'ultime recours, la Bombe ! Oh ! l'assassinat des masses, la terre dépeuplée en trois secondes, par la faute d'une fille perdue, par la rage d'un vieux gosse, par la misère d'un amour! Oh! la certitude de mourir à la même seconde, même si tu te trouves de l'autre côté de la planète, même si tu supplies, même si tu te remaries, même si tu m'as renié tout haut dans ta cathédrale éclatante!

Mais rien ne peut lui arriver à cette garce. Que ceci.

Morfay, un soir, se fait laver les pieds par elle.

– Hein qu'ils sont beaux, mes pieds? Dis-moi qu'ils sont beaux, mes pieds?

– Ils sont beaux tes pieds.

– Dis qu'ils sont plus beaux mes pieds que tous les pieds du monde.

– Ils sont plus beaux tes pieds que tous les pieds du monde.

– Dis que rien n'est meilleur que ça, un beau pied comme le mien dans ton petit cul?

– Rien n'est meilleur qu'un beau pied comme le tien dans mon petit cul.

« Enfin, une distraction », se libère Marceline, et elle s'assied sur la marche de la cuisine. « Ses pieds sont énormes », constate-t-elle.

– Dis que mes pieds sont aussi beaux que les pieds de Jésus-Christ? Avant : est-ce que tu as de l'estime pour Jésus-Christ?

Mauda fait signe de la tête qu'elle ne sait pas.

– C'est vrai, tu n'es pas au courant, réfléchit-il. Et il lâche un pet brutal. « Ça va lui parfumer les narines. »

– Dis que mes pets sont parfumés? demande Morfay

– Tes pets sont parfumés, répète-t-elle

« De plus en plus divertissant! » opine Marceline.

– Est-ce que tu as de l'estime pour les communistes?

– Oui, fait-elle dans un souffle.

– Eh bien ma petite, éclate-t-il, tu en as un sacré toupet ! Tu sais qu'ils m'ont bouffé ma fortune, ces fumiers-là ? Moi, je suis un vrai communiste, un pur, un utopiste. Tu sais ce que c'est qu'un utopiste ?

– Non, fait-elle avec souffrance.

– Eh bien ! Marceline t'expliquera. Explique-lui, Marceline.

Marceline commence d'expliquer. Mauda retire la bassine.

– Hep, la bassine ? Ça n'est pas fini, ma petite !

Elle replace la bassine.

– Baise-les, mes pieds maintenant. Oui, oui comme ça, tout mouillés. Allez, allez !

Après le baiser, il attend le regard de sa Maudette. Elle ne relève pas les yeux.

– Regarde-moi ! Regarde-moi, boucan de boucan !

Alors elle retrouve sa fierté, sa beauté, son port de divinité statufiée. Ses yeux n'ont plus honte de leurs larmes qui pendent, de leurs larmes qui roulent sur les pieds de Morfay. « Je l'aime, étouffe-t-il, je l'aime. Je suis en train de la tuer. »

Marceline les observe, le cou tendu, tel un oiseau féroce. « L'imbécile, il va prendre ses larmes pour de la souffrance, il va flancher, il flanche… »

Mais non, Morfay résiste, il mène son cœur à l'asphyxie, son amour au four crématoire. Il se souvient des chatons qui mouraient dans leurs robes de poupées, et il lâche une sorte de rire traînant, agonique.

Mauda sort avec la bassine à bout de bras. Mauda s'éloigne, privée d'âme. Elle marche, elle traverse la campagne, elle va droit, rigide, lumineuse – avec cette bassine pleine d'étoiles qu'elle ne sent même plus lui peser au bout des bras…

Elle se pince, elle reprend connaissance. Elle est tombée sur la bassine. « J'ai dû buter dans une racine. » Les grillons crient leurs cris d'étoiles autour de la bassine, dans l'horizon, dans les arbres, sous les rivières, jusque dans la bassine, jusque dans le silence de Mauda.

Malade de douceur, de cette douceur dangereuse –, « Les étoiles je connais leurs signes » – cette douceur pour laquelle des hommes trahissent, elle se roule jusqu'aux rondins de bois éparpillés dans le bas-fond telles des ruines d'orgue antique, elle s'assied un moment pour fouiller les plus vieilles peines de son corps. « C'est pas logique comme ça saute dans ma tête... La mémoire qui travaille pas... »

Elle reste là plus immobile que la bête campée à dix mètres et qui la fixe.

Le renard gémit. Elle s'anime, et puis se lève, s'approche, massive avec sa matraque de chêne. Tout doucement, miraculeusement, Mauda s'avance avec deux belles larmes : elle flotte, elle se laisse porter par l'air blême on dirait, comme les choses absolues. Mémoire : « Je vais tuer pour lui. »

Mais la nuit ne comprend pas.

Le brouillard agite la bouche, il veut parler, il ne le peut ; il retombe découragé – c'est un nid de feuilles mortes.

« Boc ! » – et l'ombre aux oreilles droites s'affaisse : le rondin lui a cassé la tête.

Mauda charge l'animal sur son dos, récupère la bassine. Trop tard, tous les brouillards se sont précipités sur elle, l'ont calotée, l'ont jetée à terre, l'ont piétinée : « Flanque-moi ça en l'air ! Vandale ! Criminelle ! » – « Non ! Laissez-moi ma bête, ne me prenez pas ma bête ! » Elle s'accroche à la fourrure, le sang lui poisse la figure, lui goutte sur les seins. « C'est pour lui, je l'aime, je l'aime ! » Ils sont là tous qui l'entourent avec leurs figures abominables, avec leur musique menaçante : « On croyait que tu n'aimais pas les hommes ! On croyait que tu étais froide ! On croyait... » Ils la talonnent à coups de leurs sabots cloutés, ils lui préparent un énorme bûcher de fagots : « On va te cuire dans la lessive et c'est lui qu'on appellera pour tourner la sauce ! Sale menteuse, tu venais nous voler nos bêtes, tu venais nous cueillir nos choux la nuit pour tes lapins ! On le dira partout, on dira partout que tu l'aimes ! » Le vent : « Je soufflerai sur le scandale ! »

Mauda se sent pénétrée par une lancinante aiguille d'or qui lui crève le sexe et les poumons.

« Rappelle-toi tes bonshommes de neige, tu leur enfonçais des morceaux de verre dans la tête ! » « Je ne voulais pas leur faire de mal ! » – « Tes lapins tu leur arrachais la peau pour ses pantoufles ! » – « C'était pour qu'il soit content ! » – « Tes petites pies ! Ses chaussettes sales qu'il te faisait sentir ! Et tu appelles ça de l'amour ? Tu appelles ça de l'amour ? » Un million de sabots lui piétine le corps. Et les valets d'écurie avec leurs chevaux, et les vieilles qui vont à la messe, et les petites filles dans la cour de l'église : « Vous savez pas la nouvelle ? Mauda Morfay, la celle qu'aimait pas les hommes, ha ! ben elle couche avec son père ! Y'a de la lumière dans leur chambre toute la nuit. Y doit se passer de ces choses... Pasqu'avant elle savait pas c'que c'était. Mais Lui lui a appris. Et maintenant elle a des aiguilles partout, ça la brûle ! On dit que l'enfant il est normal. C'est du joli ! » Les petites filles ricanent, Marceline ricane. À ce moment les cloches sonnent, et Marianne Morfay, faisant soutenir le tapis noir de ses cheveux, apparaît drapée dans un invraisemblable manteau blanc. « Toi, sauve-moi ? » supplie Mauda.

Elle se lève, elle se met à courir avec la bassine et le renard sur son dos. Elle court – l'air fait un bruit d'assassinat, boc… boc… – ses jambes sont piliers de sa tempête, ses cheveux sont rivière de folie. Les brouillards se jettent sur elle, qu'elle frappe, frappe à la figure à coups de bassine. « Laissez-moi passer, tas de mauvais ! » et : « Je sens que je m'évanouis, je perds le cœur, *je serai folle.* » Elle tourne dans sa robe. La voici devant la porte.

Elle flanque le renard au milieu de la cuisine. « Tiens, Morfay, je voulais te rapporter un loup ! Tu auras quand même ce renard. Tiens, aussi, Marceline, ce sera pour te faire belle ! Morfay, ne me refuse pas ton coup d'œil ? *Maurice ?* »

Ni l'un ni l'autre ils ne sont là.

Ni l'un ni l'autre.

Ni l'un ni l'autre.

Ni l'un ni l'autre.

– Je serai folle, fait-elle avec un sourire noir, et elle va jusqu'à l'arrière-cuisine où ce vieux fou de phono de silence se répète ni l'un ni l'autre ni l'un ni l'autre ni l'un ni l'autre, et elle met les mains dans la soude, et elle mange la soude, et elle sourit à la soude, à la lune, au soupirail, d'un méchant sourire d'avare, et elle mange la lune, la soude, elle avale.

Des fonds pourris de la maison, une odeur de terre souffle, comme si la porte de la cave était restée ouverte, une odeur de germes de vent, comme si le vent s'était caché là pendant qu'elle, comme si…

– Mau, tu risquerais d'attendre, dit une voix.

Et la Trine sort de l'ombre.

Morfay bute dans le corps de sa fille.

– Tu vois, Marceline, cette idiote s'est endormie par terre, et sur une bête en plus. Qu'est-ce que c'est ? – Un renard !

Ha ! celle-là, sa manie des fourrures ! – Laisse, vaut mieux la laisser comme ça, elle sera bien attrapée, je vais lui chier à côté…

Le lendemain (onze heures), Mauda sommeille encore étrangement, étendue sur le renard au milieu de la cuisine.

Morfay vient la secouer. Lui retourne la figure. Alors il hurle. Alors il la redresse entre ses bras.

– Ma Dédette, ma Do, ma Dette, Da, *mon misérable amour !*

Morfay s'ouvre comme un asile d'aliénés.

Morte.

Seconde partie

1.

Retrouvée au monde ingénu de Marceline, de la Marceline rendue à l'enfance, au chant du coq, à la naissante épaule du jour barré de rose Hiroshiguè, la petite batteuse comprit qu'on parlait d'elle et sa tête maline leva la bâche, vit, rassemblés dans la cour de ferme, Albert, Louisette et le Manchon qui parlementaient. L'air avait un goût de blé jaunissant, les moisissures de rosée s'étaient réfugiées à l'ombre des tas de fumier que le soleil commençait d'ébouriffer sans hâte, d'une griffe taquine, en prenant le temps d'aller sonner l'appel des moucherons dans l'étable aux vaches. « Un an déjà, se dit la petite batteuse qui regarde passer des poules, il y a un an que le Manchon s'est cassé la patte et que la Mauda est morte. » Elle secoue ses côtes de ferraille, bâille un bon coup et se remet la bâche dessus. « Mon cœur marche bien, mais ils lui ont donné tellement de coups l'année dernière qu'il faudra y regarder par deux fois, on ne sait pas ce qu'ils peuvent encore nous apprendre. » Elle se rappelle Manchon quand il est tombé du haut de son dos et les rires de la Louisette : « Tu t'casseras la guoule p'tit père à vouloir jouer au jeune homme ! » – « Ben j'crois ben que j'me l'a cassée, la jambe… Aïe, ça me fait mal… » Elle se rappelle des tas de choses, la petite batteuse. La figure de Morfay, effrayante à voir quand il avait beuglé à l'entrée de la cour : « Ne me parlez pas de ma fille, ou je vous bousille les uns après les autres ! » Qu'est-ce qu'il était devenu Morfay ? On avait dit qu'il allait devenir une cloche, que ses terres iraient à la débine maintenant qu'elle était plus là. « *Le plus pire,* c'est pour Marceline », avait chuchoté la Louisette avec des airs. « Celle-là, c'est pas pour dire, elle est sur une drôle de pente. Elle va plus à l'école, elle veut rien faire. Toujours après lui dans les bistrots. Si c'est pas dommage, une belle maison comme ça, personne pour s'occuper ! Y paraît qu'y fait des saletés là-dedans et qu'y veut tout vendre. J'sais pas qui la voudra, cette maison, après tout ce qu'y a eu… » La petite batteuse vient d'être surprise au milieu de ses réflexions. Elle se compose un visage de circonstance. « Fais-la marcher, voir ? » dit Manchon à Albert. La petite batteuse prend un air constipé, se cramponne à son hangar comme une fille de joie à son bordel. Bientôt, dans les là-bas, elle entend la voix de Sicart : « Pour quand le battage, Manchon ? » – « Ah ! c'est pour bientôt, Sicart, avant quinze jours, y faut qu'on coupe ces jours-ci. Viens boire un coup de cid' si tu veux, on essaie le moteur. »

La petite batteuse croit y être. Les batteurs s'amènent d'un pas traînant, la boune Jeanne se torchant aux babouines le cidre volé, Ernestin son gamin véreux, Marovalic un domestique emprunté à Sicart, Pascal, le vacher, surnommé Caca, Alvaïre la boiteuse, l'éternelle Marie-Prieur dite « Baise-Dur », Mathieu Cordelix, prêtre défroqué, Lina la vieille mère de Louisette et les hommes et les femmes célèbres, le meunier aux histoires de revenants, « Tronche-Pillou » la guérisseuse aux vêtements sans époque, des vieux, des jeunes, des fillettes masturbées – tous une chanson prête sur les lèvres, tous une collection d'histoires bidonnantes ou « à faire peur » chambardant leurs têtes émergées trop tôt d'un sommeil sans aventures, d'un lit sans ailes, d'une chambre sans miracles. La « cour à battre » engloutit le tumulte de leurs râteaux à paille et de leurs fourches et se creuse le ventre pour qu'ils puissent tenir là tous, sans avalanche, dans le bain mouvant de leurs drames, dans le ronflement de leurs histoires ruisselantes de sueur d'aisselles et de fesses. De temps à autre, entre deux fourchées de soleil, Albert pincera le cul d'une fille affriolée par son nombril moussu, la boune Jeanne épongera son rejeton qu'elle initie au secret bêleur de sa croupe; Manchon, éloigné de sa femme, effleurera les genoux de la guérisseuse. Le travail fera ronronner les muscles, bouillir les chevelures. On s'aimera, sans trop s'en rendre compte. Et, le soir, tous s'attableront au gueuleton de la Louisette, un gueuleton de curé célibataire, suivant l'expression de Morfay, avec des œufs coupés dans la tomate, un pot-au-feu truculent, et du vin, du cidre, de la gnole, et des chiques toutes neuves sous chaque assiette, le paquet de gris de Morfay que la boune aura rapporté du bourg. Car Morfay sera là chaque soir aux côtés de la boune Jeanne. Morfay sera là, *souriant,* collant la Louisette sur son catéchisme et lui répétant que Dieu ne s'occupe plus de nous, que « Dieu s'en fout », que « les curés sont des couillons et les communistes idem, d'ailleurs emmanchés dans la même soutane », que « la planète va mourir et je rigolerai bien à vous voir réciter vos prières ». Et Morfay appuiera ses arguments de coups de rouge, de coups de cidre, de coups de lambic. « Non mais, vous êtes tous cinglés avec votre bon Dieu ! Vous verrez le jour de la bombe atomique ! Le Cigare de la protection de l'enfance ! Avec, dessus, Rita Hayworth ! Car on va l'avoir, la Rita, on va nous la foutre sur la gueule un de ces quatre ! La seule égalité mondiale ! La société sans classes, celle-là !... »

C'est la récolte des pommes de terre. La petite batteuse est réveillée en pleine nuit par des éclats de voix. Elle regarde les fenêtres.

Morfay boit mécaniquement, le regard verdâtre. Ses mains crasseuses chauffent son verre, le roulent dans leurs paumes. « On m'a élevé chez les catholiques, je les ai vus. Le curé me pompait la bite à confesse. Ça lui plaisait et moi ça me faisait jouir. C'est comme ça que j'ai appris. Alors vos histoires à coucher dehors, votre charité chrétienne, mes couilles ! Vous en avez, vous, peut-être, de la charité chrétienne ? Il n'y a qu'à regarder vos gueules et vos façons de faire. Tous les mêmes. On pourrait faire le tour du monde ça serait la même chose. Par exemple : ce que vous me donnez à bouffer là c'est pas pour mes beaux yeux. C'est pour m'entendre gueuler. C'est pour voir Morfay vider les bouteilles. Vous vous rendez compte, Morfay, un type cultivé comme ça, bachelier et tout et tout ? Vous voulez que je vous dise ? C'est à ma déchéance que vous donnez à boire. Ma déchéance vous fait bander. Et dans un sens ça vous rassure, ça vous permet de faire le point. Car ce que je fais, vous n'oseriez pas. « Nous on s'en ira au ciel. Morfay ira en enfer. Gna gna gna ! » Hé bien tout ça c'est du bidon. C'est des types comme moi qui vous auront eus. Ils vous auront eus parce que vous avez peur, hein que vous chiez de peur ? En ce moment c'est moi qui bande à vous regarder, tas de lapins ! Oh ! vous verrez peut-être la fin du monde. Ça n'est pas si loin que ça. Votre bêtise n'aura pas changé en tous les cas, ça sera toujours les mêmes principes de la bêtise dans un monde un peu différent. Pauvres mecs ! Pauvres bonnes femmes ! » Tous se taisent, la crainte leur montant sournoisement le long des jambes, tous se sentent tenus par une sorte de respect. La boune Jeanne se gratte les cuisses et regarde son homme avec des yeux de petite fille. Elle a l'air d'écouter une histoire à laquelle elle ne comprend pas grand-chose. Elle ne sait pas si elle l'aime, lui, mais elle se laisserait épouser. Elle a quelques centaines de mille francs de disponibles. Elle est prête à les lui donner. « Hein Jeanne, lui tapote-t-il l'épaule, hein ma boune qu'on va se marier ? Ils viendront à notre mariage. On bouffera, on boira jusqu'à chier contre les murs. Toi tu seras belle. Tu auras des talons hauts pour faire plus grande et des plumes sur la tête, des grandes plumes comme ça d'un mètre. Ça les fait rire ces andouilles. Je ne vois pas ce qu'il y a de drôle. On aura des faire-part sur papier de luxe et des domestiques pour nous servir. » – « Ho ! moi, j'veux pas d'domestiques, j'sais tout faire », confesse Jeanne. – « Ça ne fait rien, tu en auras », décide Morfay qui croise le regard de Marceline. Et les yeux de Marceline tremblotent d'incrédulité : « Cette naine dans la maison ? Mais c'est invraisemblable. Non, il veut leur jouer un tour ? »

Marceline se cramponne à sa cigarette. « On dit qu'elle a des économies. C'est sûrement pour ça qu'il lui fait la cour. J'espère qu'il ne couche pas avec, tout de même, ça serait le bouquet. Maintenant il le fait bien croire à tout le monde. Si c'est comme ça qu'il essaie de faire passer son grand amour… » Marceline rêve à Mauda. Mauda le jour où elle est morte. Et lui, sa tête de fou, son délire. « Tu ne comprends donc pas que nous nous aimions ? – Personne ne la méritait. » La jalousie de Marceline. « Je suis jalouse d'une morte. » Le suicide raté de Morfay. Ses poignets ouverts, la « confiture ». L'affolement de Marceline. « Ce n'est pas possible, il ne l'a pas fait sérieusement. Et moi, moi ? »

Cette peau de renard qu'il fallait mettre sur son lit quand il était tout près de la folie. « Marceline ? Marceline ? *Je vois.* Reste là tout près, il ne faut pas me laisser. » Il ne voulait plus coucher dans la mansarde. Il était descendu près de Marceline, leurs chambres communiquaient. Il couchait dans le lit de Mauda, dans les draps de Mauda, l'odeur de Mauda, la forme du corps de Mauda. Mauda. Mauda. Les roses de Mauda. Les coiffures d'argent. Ses pommettes. Un détail qu'elle avait à l'ongle. « Marceline, ne me quitte pas, toi. Reste tout près. Ne me quitte jamais. Il y a *quelqu'un* devant ma figure, quelqu'un qui veut m'empêcher de parler. » Ses larmes. L'inutilité de Marceline. La lecture qu'elle venait lui faire. – « Ma Maudette ! » Il avait l'esprit ailleurs. – « Écoute un peu. Ne pleure pas toujours ! » disait Marceline. Elle passait ces nuits près de lui, ses nuits, ses jours, ses mois. « Marceline, tu n'entends pas ? Quelque chose a bougé dans la pièce à côté. » Il lui aurait fait peur.

Un jour il s'était senti mieux. Marceline, de sa chambre, l'avait vu se lever, aller devant l'armoire à glace. Son pantalon de pyjama baissé, Morfay s'était masturbé frénétiquement. Marceline, presque défaillante, avait vu le sperme gicler sur la glace. Elle n'avait pas baissé les yeux. « C'est la première fois que je *la* vois. Eh bien ! je comprends ! Mauda… » Dans son sommeil elle fut poursuivie par des paquets de verges qui tournaient le coin de l'horizon. Elle se mit à courir avec lui. La malle de pension les séparait. Tout à coup, à la faveur d'un grand éclair, il la prenait dans ses bras. Sa bouche avait un goût de dents pourries. Elle ne se défendait pas. Au contraire.

La verge remontait le long de ses jambes, s'enfonçait. Inoubliable. Elle jouissait tout de suite. S'éveillait. Se passait un doigt entre les cuisses. « C'est mouillé », constatait-elle avec une sorte d'épouvante.

Morfay lui avait donné le *vrai* plaisir.

Son buisson phallique. Son fouette-cœur. Les clous dans son corps. Celui qu'elle convoite.

L'œillet n'est plus qu'une consolation ; demain il sera veuvage, cafard sur une table de bistrot, cicatrice.

Elle l'aime (ce qu'elle croit du moins, ce qu'elle veut croire) et, quand elle dit « je t'aime », à ce moment-là, c'est Lui qu'elle voit, courant vers elle du fond de l'horizon. Il porte des bottes. Elle le prend aux jambes. *L'embrase.* Elle lui regarde les yeux. Des yeux couleur d'elle-même. Sa bouche : la lèvre supérieure est plus petite, mince ; l'autre est grasse, facile, onctueuse. Il est beau. La beauté des hommes. Belles épaules. L'aimer « cela veut dire quelque chose ». Ses mains qui la caressent… La voie lactée autour d'eux… Les ondes révélatrices. Lorsqu'il l'a prise en rêve elle « ne savait pas ». Maintenant elle est sa toute-heureuse. Elle apprendra la magie pour lui appartenir mieux. Dans les rêves. Il fera d'elle ce qu'il veut.

« Non, il ne fera pas ce qu'il veut de moi », s'arrache-t-elle à la contemplation du couple Morfay-Jeanne. « Il n'épousera pas cette putain de basse-cour, elle sent l'ail, elle sent la merde. De toute façon, je ne voudrai jamais. »

Le regard de Morfay quitte celui de sa fille : « Elle m'en veut, pressent-il. Elle *doit* m'en vouloir. » Et les tumultes de mémoire se re-précipitent. Mauda.

« Je l'épouserai, décide-t-il, je ne peux tout de même pas

vivre avec une morte pour faire plaisir à mademoiselle ! Jeanne lavera son cul. Je l'affranchirai. Le pavé là-dedans, c'est son gosse. Qu'en faire ? Après tout, je peux bien le faire travailler. C'est ça. Faudra qu'il rapporte… Je tiens à refaire ma vie, moi. »

Mais la vie est à toi, Morfay.

2.

Alors, la vie…

Morfay s'éloigne dans les chemins de la Vallée. Un Morfay rétréci, mauvais marcheur et qui titube. En lui, dans le maillot de vêtements infects, se dessèche une longue cicatrice blanche dont il entretient le goût de pourri.

Voilà presque un an qu'il dort dans la literie de Mauda. Les puces commencent de jaillir de tous côtés, criblant le linge de constellations noirâtres. Afin de préserver sa chair sucrée, Marceline rapporte du jardin les feuilles de menthe – c'est une recette aussi ; elle en glisse entre le sommier et le matelas, elle en charge sa couverture. Lui se moque d'elle ; il ne sent pas les piqûres, prétend-il : « Tu as vu mon édredon ? » Elle a vu : « N'insiste pas. » L'ancien lit de Mauda n'est plus qu'une sorte de gouffre à ressorts où il pisse, où il rit parfois misérablement. Marceline entend ce rire. Elle lutte à la fois avec la peur et la tentation de se lever, de venir près de lui, contre lui, d'embrasser sa barbe de huit jours. « Il y a quelque chose à faire », se répète-t-elle trop machinalement. « Mais il y a ce qui m'empêche. » Ce qui l'empêche est partout :

figure hostile de la chambre, drame de l'obscurité latente. « Je prendrai sa tête dans mes bras comme ça, très calmement, en grande fille, et je le calmerai, je lui chuchoterai des tas de mots miraculeux. Je lui donnerai tout. Tout ce qu'il veut. Il sera transformé. Peut-être oubliera-t-il. Peut-être acceptera-t-il alors que l'on s'en aille. » S'en aller. Formule pathétique. La maison s'accrocherait à elle. Les murs se mettraient à pleurer : « Marceline, nous avons tant de mal. Par lui, par toi, nous croyions encore à la survie. Et voilà que vous vous en allez. Ce n'est pas possible. Nous vous suivrons. Nous vous suivrons toute la vie. Dans les rêves. Partout. Ça vous fera souffrir. Ça vous égarera l'esprit. Ne partez pas. Il ne faut pas désobéir à son passé. Car nous vous aimons. » Marceline étouffe la torture. « Du romantisme tout cela. Qu'est-ce qu'elle a, cette maison ? Nous nous habituerons ailleurs. Je me suis bien habituée à la pension. Malgré tout. Malgré mes projets d'évasion. Malgré la chambre que j'avais demandée pour échapper au dortoir. La chambre m'a été refusée. Eh bien, j'ai pu dormir quand même parmi les autres. J'ai reconstruit, j'ai transposé. » « Marceline, cette pension existe », continue la maison. « Rappelle-toi les tables, les planchers, les salles de classe. Tu as fini par les aimer, par leur donner ta ressemblance. La salle huit où tu recevais les cours de français. La salle de géographie. Les cabinets où tu as fumé tes premières cigarettes. » – « Les maisons sont à tout le monde », s'insurge-t-elle ; et les objets se mettent à craquer de désespoir. « Habiter dans des salles de vent. N'avoir plus ces tableaux noirs, ces meubles. Ils nous empoisonnent la vie. » – « C'est toi qui t'es empoisonnée », chuchote une voix lointaine. « Tu es au monde. » Et le temps l'attire au fond de son orbite noire. Le vertige. L'entonnoir. « Rendez-moi mon père. Vous me volez à lui. Je ne veux pas mourir toute seule », implore-t-elle. « Ah ! tu trembles ? » continue la voix. « Regarde un peu, d'ici. Ce mur qui te sépare de lui. Toute cette chair. Cette âme. Vois la *différence.* » – « Des mots. Ce sont des mots dans ma tête. Une suite de mots. C'est le hasard », se rassure-t-elle. « Je dors ici. Lui dort à côté. La maison est là. Décidément, je rêve trop. »

Morfay s'arrête tout à coup de rire. Elle l'entend se lever comme un mort. Le silence qui suit l'assaille de paniques multipliées. « Que va-t-il faire ? » Et puis elle sourit à sa terreur : la fenêtre ouverte, il urine tranquillement sur le jardin. « Il ne se passera rien… Il a beaucoup souffert mais c'est un philosophe. » La question pourtant, la question de nuit : « M'aime-t-il ? » lui martèle aussitôt dans le corps. « Moi je l'aime, ça doit suffire. Mon amour peut le retenir. » « Mauda, ma Dédette », se plaint-il avant de se remettre au lit. – « Il est trop lucide. Je ne crois pas qu'*elle* puisse l'éloigner de moi. Son souvenir ? Ce n'est rien auprès de ma présence. » À vrai dire, elle est mangée de doute à mesure que leur arbre de veilles et de sommeils s'effeuille. « C'est l'hiver. Qu'allons-nous devenir, cet hiver ? Il vaut mieux ne pas y penser. Toutes ces dettes ! » La grippe les tiendraient alités dans leurs nids de couvertures sales. Ils se mettraient la ceinture pour plusieurs jours, Marceline crevant de fièvre, lui se mouchant dans d'interminables lambeaux arrachés aux meubles, aux fenêtres, décharnés de solitude, soûls de misère et s'appelant d'une chambre à l'autre : « Marceline, si tu faisais du café ? » – « Il n'y a plus de café, pa » – « Tu ne peux vraiment pas aller jusqu'à Querlas ? » Elle se vêtirait en s'agrippant aux angles du lit, elle descendrait, sourde, aveugle – comme une très vieille araignée. Elle se cognerait partout. Puis elle mendierait :

« Donnez-moi du café, du sucre, et quelques boîtes de haricots, pa va très mal. » Elle trouverait encore la force d'allumer un feu. Le bois gelé lui déchirerait les ongles.

Et la fumée ferait le tour des pièces, nauséeuse, atroce, qui rouvrirait le sillon d'enfance avec les portes, la ferait grelotter de souvenirs quand elle se pencherait sur un tiroir, quand elle fouillerait dans les casseroles. Lui, Morfay, aurait l'air de ressusciter. Comme il digérerait cette fumée, comme il se vautrerait en cette odeur de mort ! Il sourirait à sa mère, il confondrait la sœur avec la sœur : « Maudette, il chauffe, ce café ? Apporte-le moi dans un bol. Le bol blanc à cercle doré. » – « Je l'ai cassé », gémirait Marceline. « Il est à la Vaisselle Cassée. » Morfay s'en prendrait tendrement à la fumée : « On est fumés. Comme des re… » Il se viderait d'un coup. « Le renard ! Le renard ! Apporte-moi le renard de Mauda ! Je veux le renard de Mauda. » Ce seraient des salves de sanglots. Marceline s'exécuterait. Et l'âme avare de Morfay se cramponnerait à cette peau : « Dédette, Do, Maudette, Mau… » La crise. Marceline essaierait de se raisonner avec ces mots : « Voyons, j'ai déjà vu des scènes de ce genre au cinéma. Je suis sûre qu'il y met beaucoup de comédie. C'est comme si j'allais lui dire, moi, que je l'aime. Ridicule ! » Mais elle irait cacher les lames de rasoir. Elle surveillerait la fenêtre. « On ne sait jamais. Il l'a fait, l'année dernière. »

Les coupures de Morfay avaient été superficielles. Une seconde de plaisir sadique : l'épouvante de Marceline, Marceline décomposée, Marceline privée de mouvement, de voix. Et tout à coup le bond, la course, le cri de sa fille, sa fille déchirée, à fond de vie, renversant sur tout le pays son hurlement de lampe noire : « Papa vient de se tuer ! » – « C'est toi qui m'as sauvé, délirait-il sous le regard du docteur, ma petite fille, ma chère petite fille. » Il faisait des efforts effrayants pour pleurer. Il y parvenait. Il était presque beau. « Nous ne nous quitterons plus tous les deux, nous recommencerons à vivre. Il ne faut pas s'avouer vaincus. » Marceline écrasait sa honte dans l'épaule du docteur. Morfay regardait le ciel.

C'est aussitôt après qu'il avait essayé de vendre. « Nous partirons. Nous achèterons ailleurs. » – « À la ville », avait inspiré Marceline. – « Où tu voudras, ma bichoune. » On avait commencé de déménager les meubles dans les chambres du haut. Le lit, la commode, les chaises de la Trine – il y avait des acquéreurs. Puis les camions venaient attendre au bas de la colline. Le piano. Les glaces. Les buffets. La porcelaine. Marceline regardait les murs meublés seulement de fantômes plus clairs que le papier. « Il faudra s'y faire. » Poussant l'armoire de Mauda, les déménageurs avaient retenu, derrière, un portrait étrange que Morfay n'avait jamais vu. Le portrait lui avait éclaté de rire à la figure. – « Qu'est-ce que c'est ? » avait demandé Marceline à la pâleur suspecte de son père. « Rien », avait-il répondu sans lui laisser le temps de regarder : il piétinait le portrait, brisait le cadre, lacérait la photographie. « Ce n'est rien du tout, rien du tout. » Les objets recueillis dans l'armoire de Mauda s'étaient vu disperser à coups de pieds, à coups de griffes, – boîtes de verre où elle rangeait ses épingles, les robes de bal qu'elle n'avait jamais portées et d'autres cadeaux de la Trine, les perles fausses, les poudriers, les sacs à main. « Ne touche à rien ! » Il écrasait le reliquaire interdit à Marceline, s'aidant du pied pour déchirer les robes, défonçant les boîtes, coupant les colliers avec les dents, se ruant au milieu d'une grêle de perles. « Foutez-moi tout ça dehors ! Emportez tout ! Je vous donne la maison et la terre avec ! Je vous les donne ! » Et la maison s'était vidée sous les yeux ivres de la populace qui regardait voler les édredons sur le jardin dans une tempête de plumes, récupérant ici des ustensiles, là, quelques robes pour en faire des chiffons. « Prenez tout ce que vous voulez ! » hurlait Morfay sur le balcon. « Voilà des chaises, voilà des rideaux ! Des mouchoirs, des draps, ça vous intéresse ? Visitez l'intérieur aussi, tant que vous y êtes, ça vous paiera mes notes de vin ! »

Marceline était allée s'asseoir dans un arbre : « Tas de voleurs ! Sales paysans ! C'est ça, pillez, vous l'emporterez en enfer ! En enfer ! » Les pies s'excitaient avec elle. Et la maison s'ouvrait comme un déluge avec les paysannes en noir qui entassaient devant la porte. « Vous verrez, le jour du jugement ! Le jour de la bombe atomique ! » Tout ce qu'elle avait pu sauver, elle : une paire de fauteuils Louis XIII, l'argenterie, et le buste d'Alberta, la tragédienne aux yeux de plâtre. Elle les avait cachés dans les fougères. C'était peu. Mais elle y tenait, sans doute à cause de leur complicité pendant l'œillet et le *Roman de la Momie.* « Ils profitent de lui. Comme s'ils n'en avaient pas assez profité ! » Quand ils étaient entrés dans la maison avec leurs gros sabots, leurs sales têtes, « C'est comme s'ils me violaient », s'était-elle définie. « Attends, je les retrouverai ! » – Nous les retrouverons », appuyaient les fantômes. – « Naturellement, ils veulent savoir. Ils diront que c'est le bordel. Et Mauda n'est plus là. Mauda faisait tout. Et patati. La petite c'est une honte. Pensez donc : on a trouvé des serviettes hygiéniques sur les armoires. On a vu le lit de Morfay. Les papiers merdeux devant la porte. Une honte ! Une honte ! s'effarait-elle. Je ne vais plus pouvoir sortir… » Dès qu'elle entrait dans un bistrot du bourg avec Morfay, c'était la débandade. Quelques valets restaient, stoïquement, « ceux qui ne vont pas à l'église, vous savez ? » Sans doute parce qu'elle était jolie. « Voilà la blonde. » La blonde commandait d'abord deux Pernod pour leur en ficher plein la vue. Elle continuait au rouge cependant que les domestiques faisaient rédiger par Morfay leur correspondance amoureuse. Les « blagues d'amour. » – « Marceline, donne-nous un coup de main », demandait Morfay. – « Comment, moi ? Ces idioties ? » Marceline était bien trop soûle. – « Allez viens, il paie une tournée. » – « Une tournée ? Ah ! ça change tout ! » Quand elle était ivre morte, ses cheveux roulaient sur la table. Ses poings se fermaient sur sa haine. « Leur cracher à la figure. Et lui, tout lui dire. Ça fera joli dans le tableau ! » Un air lui montait à la tête. La radio. Le jazz. La pension. « Mettez-nous de la musique ! » beuglait-elle. Et les cheveux ballants le long des bras, elle se mettait à danser. « Faut être soûle pour faire ça. Du cinéma. Mon quart d'heure de folie. Ha, ceux-là, ces gueules de fesses, leur cracher dessus !… » *Auprès de ma blonde…* « Vos gueules ! » suppliait Marceline, « Vos gueules ! Je ne suis pas de votre monde. Vous êtes de pauvres types, des tics d'hommes. Vous vivez et vous crevez. Et après ? Alors fermez-la ! C'est mon père et moi qui commandons ici. » – « Morfay raconte-nous des saloperies ? » – « Des saloperies ! » s'écriait-elle, la figure talochée de lumière. « Voilà le grand mot ! Vous ne pensez qu'à votre cul. Vos histoires de bonniches ! Toujours la même chose. Vous savez ce que ça veut dire, je t'aime ? Non, vous ne savez pas. Vos femmes sont des trous, hein ? C'est ça ? Pauvres ratures !… » Morfay regardait sa fille de travers. « C'est rien, allez. Elle est plus soûle que d'habitude. Les autres pensaient : « Elle a lu trop de livres. Un joli corps comme ça, ça se fait pas prier. » Albert l'avait attaquée une nuit à la sortie de Querlas. « Allez viens, tu crânes mais tu connais pas l'amour. » Morfay l'avait défendue : « Si tu y touches, je te tue. » – « T'inquiètes pas, avait menacé le gars, je mettrai le temps. » Il lui avait lancé son défi comme un paquet de fiente : « On dirait que tu couches avec, ma parole ! » Et Lui n'avait pas bougé, pas répondu !

Marceline regarde les étoiles, comme si, pour la première fois, elle découvrait leur silence, vraiment.

3.

Marceline au bord de la route. Une route toute neuve. Toute bleue. Route de Marceline.

Marceline toute nue. La rivière sur son corps. Chansons.

« Moi j'ai la belle vie. »

Vallées prochaines. Prairies. Rudes rivières brunes. Monstres dans l'horizon.

Marceline toute mouillée.

Corps entrouvert de Marceline dans le lit des rivières sacrées.

Marceline toute pubère, toute nue, toute ensoleillée.

Dédales de Marceline.

Voyage solaire de Marceline. Elle fuit les pêcheurs et les cyclistes. Elle attend le nuage, tapie au coin des routes. Les voitures la frôlent, la route gicle de graviers. Automobilistes aveugles. Fossé de Marceline. Au loin les rades, les plages, le pignon des casinos sur la mer. Fermez les écluses de rire ! Barrez les foules ! L'odeur de leurs crèmes solaires ! La mer vers la plage : « Coucou ? » La mer loin de la plage : « Au revoir ! » Des voitures blanches. Des voitures rouges. Les enfants crient, leurs foulards tirés par la vitesse. Leur joie.

Vers les casinos. Vers la mer. Et les adolescents des plages ? Les filles aux maillots usés par le soleil. Les garçons aux ventres blonds. Et les colonies de vacances ? Voyage fou de Marceline. Cafard. – Tous ces enfants qui s'aiment !

Ici : l'œillet, la maison craquée de sécheresse, les lits sales. Les fantômes sur les murs, la bibliothèque effondrée, Lui, sa lâcheté. Suivre cette route peut-être. Voler ses économies à la Jeanne. Partir. La fête sur la mer. Les garçons aux genoux blancs de sable. Aimer : libérer ce monstre rouge.

Écume des rêves. Amertume.

Mais les résolutions plus difficiles. Mais les décisions très brutales. Partir avec lui. Prendre le train de la Vallée. Rouler, l'épaule contre l'épaule. Nuits de fumée. « Teuf teuf teuf, hi ! » Lui. Moi.

Marceline au bord de l'aventure. Une aventure toute neuve. Toute bleue. Aventure de Marceline.

La route : « Moi j'ai la belle vie. »

Marches de Marceline. Des églises. Des presbytères. Des crépuscules de glaïeuls. Langage de Marceline que nul passant ne pourra lire : signes sur les routes ; épis de blés entrecroisés. Désert de Marceline.

Sommeils au fond des champs comme une morte. Forêts. Épaisseur. La délivrance. Marceline, son chant de renoncement, son chant de recommencement. Mélodiques.

Note, note du crapaud du soir, sais-tu toi pourquoi, hein, pourquoi ? Enterrée vivante. Mourir ici. Je ne sais plus si je l'aime.

Jeter des pierres dans les lacs. Henriette, toi tu t'es tuée, je suis sûre que tu t'es tuée. Alors pourquoi, hein, pourquoi, note du crapaud sur le lac ?

Ils sont morts, ils sont morts tous, même les fantômes. Il n'y en a pas un seul qui se souvienne de moi. Cette eau noire comme goudron, cette eau ronde sous la pierre : « plof ! » On a beau raconter leurs histoires, pauvres fantômes, c'est la voix humaine qui fait peur. Le meunier. Les douze coups de minuit. Des sottises. – Visage de la Marceline cramponnée au cerceau des ponts. Pitié du monde. Pitié de sa propre image. « Plof ! » Combien de temps mettent les pierres pour en atteindre le fond ? Et, d'ailleurs, quelle importance ?

Villages. Routes. Prairies en marche. « Cette odeur de soir me rendra toquée. » La tendresse à ravaler. Le matelas déménagé par la fenêtre dans la nuit d'été. Dormir dehors. Et ce goût de la cigarette dans l'air dru, ce blé que l'on fume à foison, ces champs que l'on apprécie, ce tabac d'arbres, d'herbes, d'or ? Ces dragons de crépuscule ? La tendresse cogne toujours. « Ma vie parfumée. Mes champs tièdes. Ma Vaisselle Cassée... » S'enterrer sous ce fumier d'ombres, s'en nourrir. S'en pourrir. « Ici je n'ai pas de puces, j'ai des étoiles. »

Ah ! le matelas qu'elle déménageait dans la nuit d'été !

4.

Brusquement le silence en elle se met à grincer : porte d'armoire ou la porte d'entrée ? Des tiges bruissent sous la nuit ; une chanson, l'infatigable chanson de Morfay ivre, apporte un réconfort écœurant : l'enfance déjà lointaine, gaspillée de toute façon, foutue, l'enfance qu'elle a dans la peau, de parfums et de pourriture – flaques d'eau, rayons, après-midi – l'enfance de pluies roses et de petits cailloux dont elle gavait ses mélancolies. Elle s'inquiète : « Suis-je neurasthénique ? Vais-je pourrir là maintenant ? Je me sens vieille – une vieille bougie oubliée devant une armoire à glace. Et le pire : l'œillet me dégoûte. »

Quelle pluie soignera son cafard doux et quel soleil le domestiquera ? Ses membres s'habillent de paresse. La main renonce à la bouteille d'eau. « Tant pis, je crèverai de soif. » Elle étouffe sa volonté qui bâille : décidément mes artères sont trop lourdes, cette tête est difficile à porter. Coucher toute nue ? Avec ce corps sans appétit ? Crotte, se déshabiller encore ! Autrefois la vie était crue, pas étouffante du tout. Un soleil tout neuf. Des giboulées.

Il y avait un aubépinier à la grille. Quand minuit sonnait, elle allait se jeter dessous. « Hou-hou ! » Son père la cherchait dans la propriété. On jouait à se faire peur. Elle se coinçait entre l'arbre et la grille : « S'il passe par ici je lui plonge un couteau dans le cœur. Il tombera dans le clair de lune, les chouettes se pencheront pour voir. » – « Hou-hou ? » – « C'est vrai qu'il me fait peur. »

D'autres nuits, toutes bleues, toutes crissantes de grillons, ils avançaient dans le jardin, porteurs de lampes à pétrole. Le rond jaune attirait des hérissons. « P'pa, viens voir, j'en tiens un gros ! » – « Moi j'ai mieux que ça, disait le père, une vipère ! » Morfay tuait la vipère et la lançait sur la fenêtre de la Trine : « Tu vas l'entendre gueuler… »

D'autres nuits toutes noires et sans un cri, Morfay la poursuivait à quatre pattes jusqu'au bois, la rattrapait vivement, la bâillonnait. Comme il l'emportait à travers les champs défaillants d'odeurs de nuit, elle connut dans ses bras ce premier étrange plaisir, « l'avant-plaisir », dont l'osmose procure ce bouton d'œillet dans la poitrine qui s'ouvrira plus tardivement, œillet crématoire, foyer de l'inceste ou de l'homosexualité.

Toutes ces peurs, toutes ces portes, les portes vides, les portes condamnées, les portes qui chantonnent en roulant leurs nids de lumière sur le plafond, et toutes ces mémoires enfermées derrière les portes, Morfay qui parle à voix basse, Mauda qui se fait peloter ! – Mauda qui se fait peloter… Que de chemin parcouru pour venir jusqu'à cette porte ! Que de chemin à parcourir pour revenir à cette porte !

Non, plus ce soir. C'est bien fini. Les vieux souvenirs sont vendus. On les a digérés, on les a bus, on les a pissés sur le jardin. Si la maison pue le vice et le moisi, la maison dans le printemps, la maison dans les œillets, ce n'est pas la faute de ma neurasthénie.

Alors plus de souvenirs ; plus de souvenirs. Une vie sans odeur et sans secousses. Oublier l'œillet. Des évènements plats suivront. La mort au bout. Pour tout le monde. Entretemps, le viol. Qui ? Pas d'importance. Autrui, c'est-à-dire beaucoup d'imbéciles.

Mourir vierge, tiens ! Avec des plages sur le devant. Avec des fleurs sur le derrière. Le mariage. Beau prétexte pour les traîner dans la boue, les hommes ! Leur virilité… sale mythe… dire que ça fait encore jouir des femmes, moi peut-être !

Elle se fait « mieux » pour la première fois ; le rouge lui gâche les lèvres, la poudre finit de la détruire. « C'est lui qui m'avait acheté ce rouge *au début de notre amour…* » *Soir de Paris.* Peinture de guerre… La tête immonde de l'immonde *made in Paris…*

Albert la voit belle. Son père la remarque : « Une tragédienne des années trente… » Anna la retrouve avec peine. Guillaut se gratte la braguette.

Dédaigneuse, elle s'affûte les ongles.

« On l'a remarquée ! » pleurniche Morfay en dedans. (De joie) « Affolant ce qu'elle *lui* ressemble… »

Albert : « C'est pour moi qu'elle est v'nue. »

Guillaut : « J'le f'rai quand même cocu, l'Morfay ! »

Anna : « Belle comme ça, elle aura que des malheurs… »

Marceline :

– Je reviens de l'enterrement. L'enterrement, oui… Des souvenirs… Alors, je vous en prie, soyez polis et ne venez pas me dire que je suis beaucoup plus belle que les autres jours, belle au point de *lui* ressembler.

Morfay :
– De lui ressembler ?
Elle :
– Tu ne devines pas ?
Lui, après réflexion – comme gêné :
– Mais, voyons, qui te dirait ça ?
– Ton regard.

Ils l'épient. Elle se tait maintenant. Elle les a giflés les uns après les autres avec des mots provocants. Morfay en particulier. Tout se ramenait à lui ; tout se ramène à lui en fin de compte et toujours. Quand elle disait : « Vous êtes des lopettes, des pâtés de bêtise, il vous manque l'étincelle, et si vous l'avez eue une toute petite fois, cette étincelle, vous avez craché dessus pour être sans inquiétude, pour mieux croupir dans votre soupe d'idiotie », Morfay comptait des allumettes sur la table, il pensait : « Chacune de ces allumettes peut allumer quelque chose. Quoi ? » *The question.*

Elle s'était mise à danser en fixant Albert. Elle s'était mise à chanter en se caressant les seins sous le nez d'Albert :

Monsieur prend Madame dans ses bras…

Ils n'osaient plus gesticuler, à part Morfay qui comptait les allumettes. Ébahis par cette blondeur épandue, cette robe éclatée à la croupe et aux seins, et ces caresses narcissiques qui tiraillaient le fond de leurs ruts mal léchés.

« Je suis chanteuse… chanteuse d'Amérique… à Las Vegas peut-être… ça ne vous dit rien, Las Vegas ?… Collant noir, cigarette, trois mille personnes… Vous me voyez sous les projecteurs ? Je chante… On dit que je suis la nouvelle Marlène Dietrich, en plus percutant… Mon nom comme ça en lettres de néon… sur cinquante mètres… Toute l'Amérique vient m'entendre… ça fait des accidents… des drames… il y a de la police… Dans le monde entier, on demande : Qu'est-ce qui se passe ? Réponse : Marceline Morfay chante à Las Vegas !… »

– Applaudissez-moi ! s'indigne-t-elle. Qui est-ce qui m'a fichu des ostrogoths pareils ?

– Ça suffit, grogne Morfay en brouillant les allumettes.

– Toi, réplique-t-elle, ta gueule !…

– Ha ! ha ? fait-il curieusement, ha ! ha ?

Les autres prient : « Qu'il cogne. Qu'il lui fasse des tas de marques partout, qu'il lui marche sur la figure. Ça sera bien fait pour elle, ça sera bien fait. » Leurs dents crient, leur prostate s'avale. En vain. Morfay ne bouge toujours pas.

Elle boit à la bouteille : « Glouglouglouglou… Moi je les fais tous marcher. Lui comme les autres. Dans ma poche, petits et grands. Glouglouglouglou… Voyez-les, ces métèques, avec leur dieu ! C'est un homme, lui, n'est-ce pas ? C'est un père, le maquereau de la Mauda ? Il n'a même pas bougé quand je lui ai dit : Ta gueule ! Un raté, voilà ce qu'il est. Glouglouglouglou… »

Elle va lui taper l'épaule :

– Serait temps de rentrer, je crois…

« Hein, pigez donc comme il suit ? »

– A'r'voir, bande de crétins ! À d'main, bel Albert ! Sois là pour payer le coup…

Elle lui adresse un clin d'œil de la porte, son premier clin d'œil de jeune fille. Morfay se sent étrangement choqué.

Monsieur prend Madame dans ses bras…

– Ne chante pas, dit Morfay, ne chante pas, j'ai mal au cœur.

– Aah ?

Plus loin :

– Qu'est-ce que tu as ?

– Sais pas… La tête…

– Appuie-toi ?

Elle lui prête le bras.

– C'est ici que tout ça me prend, dit-il quand ils passent le pont du moulin. C'est peut-être le bruit de l'eau… C'est peut-être…

– Arrêtons-nous si tu veux.

– Non, non… Tais-toi… C'est ici que j'ai compris… qu'elle se mourait… Je suis venu là… toute une nuit… toute une nuit, tu te représentes… ici ?… C'était glacé… Je me serais cru en Allemagne… en Allemagne avant de *les avoir…* Comme s'il ne s'était rien passé ?…

– De qui parles-tu ? *En Allemagne avant de les avoir ?*

– D'ailleurs… je me demande s'il s'est passé quelque chose… *réellement…* Comment savoir … si tu n'en étais la preuve, toi… mais qu'est-ce que tu prouves ?… Avec toi, tout est à recommencer. Elles, c'étaient…

– Qui, elles ?

– Elles… Les Lorelei … Tu ne saisis pas, les Lorelei ? Évidemment, tu étais trop petite… tu ne peux pas savoir… toi *tu existes…*

– Pa, tu dérailles.

– Je déraille… Voilà… Je déraille… Vous avez entendu ?

« Oui, dit sourdement la nuit, tu dérailles, elle a raison. »

– Quoi, je ne les aurais pas aimées ?… Impossible que je me sois trompé… Cette voix qui me suppliait de repartir… en Allemagne… en Allemagne près de Mayence… Et la guerre, cela n'aurait pas existé ?

« Mais non », fait résolument la nuit.

– Celle-là qui me reste avec son rouge aux lèvres… Elle ne leur ressemble plus… Déjà si différente… Qu'en faire ?… Je n'aurais jamais dû m'en séparer… les abîmes se creusent… après tout est à reprendre, à refaire… Mon rôle…

« C'est trop tard, chuchote la nuit, trop tard. »

– Je suis seul, dit Morfay tout haut.

Mais il attend, mais il espère hypocritement la voix de Marceline, et la voix de Marceline met trois mille ans pour lui parvenir. Encore… ce qu'elle exprime… – « Je suis là » – c'est gagné, mais c'est à devenir fou…

– Je ne veux pas devenir fou… tout seul !

– Je suis là, lui répète-t-elle.

– Hé bien, rentrons et devenons fous.

– Non, tu n'es pas de taille, je t'observe : le regard trop lucide, trop sur la terre.

– Trop sur la terre, moi ?

L'heure est sournoise, astucieuse. Ils jouent, les fenêtres sirotant le ciel de la Vallée. Leur Vallée.

Ils aiment passer leurs nuits ainsi. La compagnie des étoiles. Le grignotement des rivières soi-disant enchantées. Et cet éteignoir du silence quand l'étoile flanche à bout d'horizons : les coqs ; la multiplication des coqs ; la première secousse du monde – boum !

– C'est vrai, je ne sais pas où tu veux en venir avec tes Lorelei. Quand j'étais à la pension, tu m'écrivais souvent, comme ça : « Ma Lorelei. »

– Ma petite Lorelei, rectifie Morfay. Tu ne seras jamais une grande…

– Je ne vois pas ce que ça m'enlève.

– Moi je le vois sacrément. Je compare avec elle par exemple.

– Elle ? Mais qui ?

– Mauda.

Elle se lève sur la pointe du sourcil et fait sa petite bouche dans un mouvement amer. Soupir :

– Je voulais te l'entendre dire. Tu n'as plus rien à m'apprendre, non. « Ma petite Lorelei », c'était donc pour elle, en pensant à elle ? Je comprends (sa gorge se ouate), j'avais *presque* le béguin de tes lettres… Au fond, ces lettres – dis-moi que je récapitule – c'était une sorte de journal intime, quoi, dont tu te servais pour… Oh ! j'avais bien compris, va (sa gorge où tournent les hémorragies !), ça m'avait paru louche dès le début, je n'y croyais qu'en rêve, je faisais des tas de romans… – en somme tu m'as bien eue…

Morfay réfléchit. « Et voilà comme une gamine interprète la littérature de son créateur. J'aimais tellement sa sœur que mon amour en vint à se tromper de destinataire. Il y aurait là une étude à faire. Le processus incestueux chez la fillette. Hum… Surtout ne la détrompons pas, je veux bien la voir jouer les amoureuses bafouées si ça peut embellir encore le souvenir de ma Maudette. »

– Tu sais à quel point j'étais seul… et puis je ne te voyais plus… je souffrais… je souffrais toujours… ma mère, d'abord, me manquait terriblement…

– Elle te manque encore.

– … Cette solitude, tu comprends…

– Et Mauda ?

– Mauda, la pauvre gosse, elle travaillait pendant ce temps-là…

– En somme tu avais besoin de te distraire ?

– Me distraire… Ho, c'est un bien grand mot… Disons que j'avais besoin de toi…

– Besoin de moi ? Pourquoi ce besoin tout d'un coup ? J'ai moisi pendant des années dans cette pension. Des années sans lettre de toi.

– *Ma chérie…*

Elle ne retire pas sa joue. Il pique. Elle reste gelée.

– Tu n'embrasses pas ton *volain pé* ? Je t'ai fait tellement de misères ?

Elle lutte avec ces horribles larmes. « Comme je suis aussi !… Peuh… Toute prête à le croire… Ça y est, il va m'avoir encore une fois. Si je pleure, je suis foutue. »

– Ma chérie, tu ne…

– Tiens, coupe-t-elle, une cigarette ?

« Ah ! la garce… elle s'en tire encore… Faudra que je la soûle, que je la soûle à mort… »

– Alors. Dis–moi ce qu'elles avaient de mal ces lettres que je t'envoyais ?

Marceline sourit tristement :

– Ce qu'elles avaient de mal ? Tu ne le sais donc pas, toi ?

Morfay nie.

– Tu es dur…

Morfay rigole. Morfay se tord de rire.

– Tu es égoïste…

– Excuse-moi, *mon bichon,* mais tu me fais crever de rire.

Marceline se sent déjà sa prisonnière. Les murs frissonnent. Maléfice. Il rit, il rit, il continue de rire, il pleure de rire, il se tape les cuisses. Cela va durer combien de temps ?

Il faut fuir maintenant, Marceline. Ne pas attendre. Se sauver. Tu restes là, stupide devant cette fenêtre, avec des questions plus stupides que ta figure : « Si je tombais par la fenêtre ? Qu'est-ce que ça lui ferait ? »

Il faut fuir. Par la porte de derrière. Traverser le vestibule en courant – si tu embrasses la pendule, tu es cuite. Fuir, tu entends ? Fuir. Fuir. Les bois, la nuit sont à la porte. Tu sais courir.

« Mais le reste ? »

Quoi, le reste ? Il n'y a pas de *reste.* Il n'y a que des noms d'arbres, des noms d'étoiles, l'expression des portes. Le kaléidoscope, tout cela, le vieux manteau de la folie, la plaie empoisonnée par le temps, le sillon d'enfance qui se referme. Fuis. Je sais. Je comprends tes larmes. Je pleure aussi. Mais je sais qu'il faut fuir maintenant, laisser les portes, l'expression des arbres. D'autres étoiles ? Tu en trouveras sur les routes. Et d'autres arbres. Et d'autres portes. Ne t'inquiète pas. Ils te suivront. Mais fuis, nom de Dieu, fuis, fuis, fuis !

Morfay a cessé de rire.

Marceline revient vers lui :

– Couche-toi…

– Tu te couches déjà, toi ?

– Déjà ? C'est bientôt le jour…

– Tu ne m'as pas encore dit au sujet de ces lettres…

Rien à te dire.

– Comprends-moi, voyons !

« Le comprendre ? Évidemment. Le comprendre. C'est simple, il suffisait d'y penser. »

– Je ferai mon possible.

– Tu es touchante… Regarde-moi… Qu'est-ce que tu as ?… Tu pleures ? Allez, dis-moi tout, ma bichette, viens faire câlin.

– Va-t'en, dit seulement Marceline.

– Tu me fais de la peine, bichon…

– Va-t'en, va-t'en, ce n'est pas vrai. Rien de tout cela n'est vrai. Moi j'avais cru… ces lettres que tu m'écrivais… et la pension… et les vacances… j'avais cru que tu étais un autre… que tu ne m'oubliais pas… et que j'étais jalouse de Mauda, je lui volais ses affaires… j'ai vidé les citernes exprès… quand tu la battais j'étais contente… mais je croyais que tu m'aimais… que tu m'aimais aussi…

« Hé mais, se dit-il. Hé mais !… C'est que la voilà toute… »

Il veut la prendre dans ses bras. Elle le repousse :

– Non, disparais !

Morfay retombe et re-médite :

Maintenant c'est la guerre… Des choses graves, très graves, sont en train de se tramer : *elle va bouleverser ma vie…* C'est un tournant… Ha, le père de famille, *cet aventurier du monde moderne !* Sacré Péguy !

5.

« L'aimer aussi, répète-t-il, ce sont les filles qui commanderaient à leur père de les aimer, maintenant ? Naturellement, elle se fait des tas d'idées sur la tendresse paternelle. Comme toutes les gosses. – *Je croyais que tu étais un autre.* – Qui suis-je pour elle – c'était tellement intéressant, ces lettres ? Nom de Dieu, j'ai de la puissance ! Moi, quand j'étais écolier – le collège qu'est-ce que c'est au juste ? – je ne prenais pas man pour une autre. Ç'a toujours été man, ma vieille man. »

Il revoit à travers l'aurore (« elle est morte à l'aurore ; la veille elle m'avait supplié de lui couper la main gauche – la hantise d'être enterrée vivante… – je n'ai pas eu le courage de le faire… »), il revoit le ventre gonflé de sa mère en forme de ciel pluvieux, bleuâtre à l'intérieur, cancéreux, et ce bout de boyau rouge épanoui autour de l'ombilic comme une lippe vengeresse. « Elle a vécu deux ans, clouée au lit, deux ans de volonté, d'efforts… pour moi… moi seulement… On l'avait crue morte après son opération. Elle a crié : « Mon fils ! Je veux voir mon fils ! » Et elle est revenue, elle a tenu deux ans. – Mais qui étais-je pour elle ? Quand je l'ai surprise à changer ses linges… à reluquer sa vieille matrice « barbe de pirate »… elle pleurait dessus « Mon fils !… mon unique !… » Man… ! elle venait m'attendre à la sortie des cours… nous étions fiers… Fallait qu'elle fasse tout, qu'elle soit partout… mes costumes… mon bain… elle venait me savonner dans la baignoire, je me rappelle… à dix-sept ans, on est mal à l'aise… à cause des yeux cernés et le reste… l'eau chaude me faisait ouvrir les cuisses… elle voyait que je n'étais plus un petit garçon… à six ans elle m'avait fait des massages contre le phimosis… J'avais peur qu'elle me pose des questions… les taches dans les draps et sur la glace… non, elle ne disait rien, elle ne voulait pas que je me fatigue, elle me laçait mes chaussures… elle me peignait… après Saint-Cyr la belle vie a recommencé, quoique c'a été là du drame qu'un « fils de héros » s'en soit évadé… Pauvre chère man… Elle m'écrivait tous les jours… *Mon grand Mau…* oui, elle m'écrivait tous les jours, ça ne faisait pas travailler mon imagination… J'étais un jeune homme, aussi… les filles réagissent peut-être différemment… Pourtant mes lettres à Marceline… mes lettres n'étaient pas plus tendres que celles de Man… à quelques détails près, elles devaient se valoir… des mots… des tournures… j'ai repris même des phrases entières d'elle pour que le style soit plus réchauffant… Alors ? Cette gosse était trop vissée là-bas, voilà tout… personne n'aime ça, la pension… encore, qu'elle me remercie de l'en avoir sortie… »

Allons, Morfay, Marceline n'a pas à te remercier. À douze ans, aux grandes vacances, ce fut une enfant délicieuse, hésitante, littéraire, avec d'immenses nattes blondes, à son bras le *Roman de la Momie.* Elle croisait à peine ton regard, elle était trouble, pubère, embaumée comme un jardin, et tu la suivais en adorateur aveugle, tu la poursuivais en prince de seize ans au-delà du plan d'ombre de la duègne et le long des pelouses d'œillets. Le soir vous organisiez vos jeux de peur comme l'idée t'en était venue à une époque incertaine de ta vie (c'était à la campagne aussi, vers les vacances d'été ; ta mère était encore jeune, la violette de ses yeux était fraîche, ses bras nus étaient bons à mordre). Marceline mettait déjà plus de coquetterie à te perdre aux abords du bois. Dans l'enfance elle suffoquait d'horreur et de plaisir quand tu étais Lustucru. Mais, toi en prince, elle ne redoutait plus ton ombre. La lune trichait, évidemment. Tu étais Morfay, pas un autre. Il n'y avait pas de surveillance, les morts étaient couchés, Mauda ratissait quelque part, ignorante, au clair de la lune. Vos jeux prenaient une ampleur miraculeuse, la lune illustrait vos orbites, dans l'horizon étincelait le sable. Elle, elle était de cire et plus légère qu'une amulette et plus sourde qu'une améthyste. Elle était un jouet étrange dans un jardin de villa nue, ses bras ramant autour de son visage contre les crèmes opportunes. Tu tremblais de la soulever de terre pour la serrer dans ta poitrine. Tu tremblais avec la pointe d'un diamant dans les cuisses. Et tu allais te masturber cependant qu'elle détachait un œillet de la pelouse et le portait à ses narines.

Tu fus l'ennemi du vent lourd et de la pluie. Tu conclus un pacte avec l'été. Mauda qui travaillait jusqu'à minuit était seulement ta femme, ta femme légitime. – Marceline ? Une rencontre dangereuse dans le temps, la coquille que la main heurte par un exprès hasard après des catastrophes millénaires, la petite coquille de mémoire où l'on entend sourdre les siècles. Voilà que tu redécouvrais la projection exacte de tes sens, les nerfs de l'air ne souffriraient plus un geste. Vous iriez vous asseoir dans la profondeur des pelouses et vous parleriez de… de… de… Si tous ces points de suspension étaient vos larmes ?

– Rêve-souvenir.

Mauda Ire vient. C'est une souveraine coléreuse. La porte est restée ouverte sur le jardin. Elle hurle qu'on la ferme. Morfay n'entend pas, ou plutôt il entend se venger des femmes. Il ne détourne pas les yeux de sa lecture vers l'angle indicible des terres arrêtées au fond de la porte où la silhouette de Mauda, Mauda IIe, s'active encore, peine, creuse.

Mauda Ire se résigne. Elle va crever d'un cancer sur ce lit environné de mouches et d'odeurs malsaines, et son fils ne fermera pas la porte. Marianne, il ne faut pas songer à l'appeler, à la voir, même. Tout est dans l'ordre. Maurice, *elle l'a tant aimé.*

Mauda Ire meurt. On mélange les souvenirs. Mauda IIe meurt. La Trine meurt. Marceline tourne parmi tout cela, cheveux, jambes, visage, affreuse. Maudarceline meurt. Sorcilune. Cette boue de martyres happe son sperme. Il va tomber, il se répète que Marceline n'est pas morte. Il la déterre. Elle s'en retourne « à l'école, cueillir l'œillet ». En la pourchassant il la traque parmi des jardins enchantés. Les statues remuent leurs lèvres. Elle joue à colin-maillard. Lui veut jouer à chat-perché, simule une étreinte libidineuse. Elle n'a qu'une moue triste, elle accepte, sans se fâcher. Quand soudain la lune s'en mêle.

Marceline à nouveau perdue…

Chat-perché, chat-perché, chat-perché…

Pourront-ils se rejoindre enfin à travers ces jardins d'anamorphoses et les complications harmoniques possibles, pourront-ils au risque de heurter les planètes mortes, les encoignures de mémoire où moisissent des cris oubliés, pourront-ils regagner le plan de leur saison profonde, la vraie vie ?

Leur rêve se balance quelque part, au-dessus des chambres contiguës et des mansardes de l'esprit : leur rêve s'embarrasse de hauteur statique, d'absorbante nécessité.

Elle, l'œil mort, en proie au monde, disparate, rappellerait plutôt un buste de plâtre banal – celui d'Alberta qu'elle a caché dans le jardin pour le soustraire à la manie et aux sarcasmes paternels.

Lui, couché dans la vitre, les mains au cœur, la campagne mêlée à lui par un tragique effet de la lampe, est l'objet d'un trucage hallucinant.

Il voit Marceline étendue, morte, sur le renard.

« Tout est à refaire, élucubre-t-il. Mon rôle.

– Si fragile, la laisser aller à cette mort…

– L'autre était forte, sainte… Mais cette gosse malade de tout, je m'y perds : c'est le désordre intellectuel, l'esprit à la merci d'un mauvais coup, d'une couleur ou d'un pet lâché de travers… – Ce qu'elle a dû m'aimer pour en arriver là !… Morte… Que s'est-il passé exactement ? Qui, quoi l'aurait condamnée ?… Moi ? Par quelle faute ? »

Et tout à coup il croit comprendre. Tout à coup il se met à appeler : « Je suis seul ! Je suis tout seul ! Déserté ! Mes Lorelei ? »

Elle, venant du bout des corridors de sang, exsangue, portée vers lui par les péripéties de son rêve, s'échevèle – sa bouche tâtonne : « Tu n'as jamais existé. Non. Je rêvais que je rêvais. » Et elle repasse les corridors ardents parmi les flammes et les bouffées d'orgues. Quand un cri détaché du lointain tonnerre des orgies vient éclater contre ses omoplates comme un vol de locomotives : « Ma fiiiiiiiiille ! »

Mais elle veut aller au-delà de l'écho : « Je t'aime ! » Désaxée, elle fait tourner les gouffres en bourriques : « Au secours ! » Sa mémoire travaille dans de grandes salles absentes, sa mémoire s'inscrit aux frontières du marbre et des milliards d'obsèques. « ICI REPOSE MARCELINE MORFAY. ELLE AIMA SON PÈRE D'ÉTERNEL AMOUR. CAR SON PÈRE ÉTAIT DIEU. »

Elle lui devra la souffrance. Elle essaiera le *Notre Père* et le *Je vous salue Marie.* Machinalement. Elle essaiera l'été, les pierres, la moisson, le matin dans un bol de porcelaine, elle essaiera la pluie, l'orchidée, le cercueil de l'hirondelle. L'hiver, elle ramassera les clefs prises sous le gel et les imprimera sur son front afin de perpétrer, tout pêle-mêle, le pire et le meilleur. « Marceline, tu finiras par te blesser », diront les voix muettes. – « Hé bien, j'assurerai mon salut », se fiera-t-elle.

Au réveil, elle aura la bouche pleine de cette bouillie noire, les je t'aime, les au secours.

6.

L'été ? L'étape.

Cette mort…

Marceline s'étend sur la planète drue, à cet endroit où le soleil ostensiblement s'immobilise : équilibre retrouvé, cher équilibre de la disponibilité, halte. Il est midi.

Maintenant, les sens abattus et les bras en croix sur la terre, elle va s'incorporer au catafalque titanesque élevé par le ciel, pour le ciel, dans le ciel, à la mémoire du ciel peint par Michel-Ange, et le ciel va descendre dans ses jambes, le ciel va venir la soulever au-dessus des forces du feu.

Ce calme… Cette tête ouverte avec le ciel dedans… Ces rives fixes à travers des vertiges foudroyés… Les forêts qui se mêlent aux plages… Elle échappe au pourrissement des horizons, elle *voit*. De l'autre côté, l'univers fait semblant d'être.

L'Égypte… Quand était-ce ? Où ?… Peut-être le roman de Théophile Gautier… Sûre, elle est sûre d'avoir porté ces bijoux infernaux, les lapis-lazuli, l'or vertical ; sûre d'avoir laissé peser, vingt siècles, autour de son sommeil, les bleus inconsolés, le silence des lions…

Et le réveil. Cinq heures du matin. Le train de la Vallée. Le lit. Les arbres pris dans les fenêtres – comme si les murs, les fenêtres, devaient servir à quelque chose ?... Elle s'était apprivoisée. Forcément, on lui avait donné les maladies d'enfant, la rougeole, la scarlatine, l'amour ; des bouillies et des maladies pour l'empêcher *d'aller dehors*, de prendre froid ; des bouillottes, des maladies, pour glousser de reconnaissance ; des suppositoires pour qu'ils fondent ; des orages pour la distraire ; des veilleuses pour lui faire oublier le soleil antique ; et, plus tard, des livres fétides, sous prétexte de lui faire changer d'air. L'amour – c'est-à-dire s'endormir sous un visage et des mains familiers, ceux de la grand-mère en l'occurrence, – elle se débrouillerait, quoi : « Comme les autres. » Quelle réaction à l'amour ? « Mademoiselle Morfay, première cuti négative. » Elle ignorait encore son désespoir mais elle allait voler des œillets entre les cours... École – mot incolore, puanteur. Tout ça de fait et de souffert... Alors pour quoi, pour quoi ces deux ou trois mille ans avant le paquet de leurs lettres – leur amour ? Pour le *mériter* peut-être, cet amour ? Pour le reconnaître, à chaque moment, dans les arbres, dans le fond des sources, dans les romans qu'elle relit avec un entêtement monstrueux ? Il fait noir, il fait mort aux racines de l'ange...

Certains jours, dès son réveil, elle révise sa raison : « Quoi, lui, moi ? Peuh, c'était hier... Tout de même, ce qu'on change en une nuit... » Comme cela jusqu'à ce qu'elle en soit tout à fait nettoyée ; elle renouvelle l'eau de toilette. Voilà. Soulagée. Prête à reprendre les harnais de lapis-lazuli dans leurs coffres et les parfums et les robes d'oisiveté qui lui rendront ses mains et son sourire pathétiques. Somnambule, elle ira vers le soir à travers les talus rouges, les chemins vieillots de

Querlas, sans livre, sans chanson à vendre, sans toucher la terre presque. D'où lui viendra cette écharpe de fraîcheur ? Que lui contera le visage des arbres ? Elle aura mal soudainement, mal au talus, mal aux chemins, mal au visage des arbres. Et elle se couchera dans le chemin comme dans un lit de pourpre, et elle pleurera si sa gorge le veut. Puis elle reviendra sur ses pas, somnambule, elle montera sur la colline, elle retraversera la maison et, les mains recroquevillées sur ses lettres, elle dira : « J'ai mal… J'ai mal à tes yeux, j'ai mal à ta bouche… mon corps a le mal de toi… » Elle relira ses lettres, elle se couchera, le matin la réveillera, le soir la recouchera sans qu'elle ait vu le jour en elle. « J'ai mal à tes yeux, j'ai mal à ta bouche… » Etc.

Puis des résolutions toutes fraîches, des angélus, des jours de fête, le cri des trains, le chahut dans les bars, les cours de fermes lui feront croire au miracle de guérison, lui feront des gerbes, des ovations, lui verseront le vin, le fracas des greniers à moudre.

Marceline rira de son premier amour.

Elle monte dans le soleil horizontalement. Sa vie fume. Donnée aux foules du sang. Entrouverte. Envenimée… Morfay dans les entrailles, un Morfay aux muscles blonds, à l'haleine cuite, un Morfay altéré qui la reprend avec des mains de meurtre, qui la chiffonne, qui la vide de son acidité, sa jeunesse. Elle guette les pulsations de l'or en elle et prévoit la catalepsie : « Tout va s'empoisonner, la terre, les fenêtres : il faut les retrouver comme ils étaient *avant* et s'ils étaient avant. Peut-être n'y aura-t-il rien de tout cela, Vaisselle Cassée, chiffons, horizon, cloches ? »

Midi… midi… la lumière s'annonçait fertile… les voix…

voix d'hommes probablement… Guillaut… Albert… Albert quand elle rêvait de lui en pension… Après, la gare… ce jour-là… Les cheveux qui pendent par la portière… déménager la malle… Un homme en bottes… Non… Non !… plutôt repartir… abandonner la malle… plutôt n'importe quoi… reprendre ce train… descendre ailleurs… plutôt la ville et ses vitrines de dessous féminins, et le trottoir, la même rue à Las Vegas… avec du rouge aux lèvres et des cigarettes, des dessous… plutôt l'hôtel… plutôt sombrer dans le ciel des corps perdus… le ciel… dormir sur un fond de lapis-lazuli…

Que leur obsession prenne forme et leur histoire alors s'élargira, se creusera – multiplicité de dédales, ampleur des grands drames classiques – avant d'éclater, en pleine lumière, sur les berges d'intensité. Leur obsession, leur corruption : la propriété d'un être de leur sang avec lequel ils partageront le vice, la nuit, l'écume, le sperme. Leur violence : renaître de leurs instincts déchiquetés.

Chacun se meurt d'un être qui n'existe. Elle imagine, à travers Morfay, un autre qui la consolera du sien. Type jeune et blond, fils de l'autre, – un garçon du pays cruel. Quelqu'un la désire : Albert. Quelqu'un se soumettra, peut-être. Ce sera la solution. Solution pire parce qu'elle rêve trop. Et d'amours parallèles encore, sinon d'amours entrechoquées. Albert… depuis le temps qu'elle y pense… Albert… *Albert…* qu'est-ce que cela peut vouloir dire ? Imaginer Albert. On n'imagine qu'une fois quelqu'un. Après la naissance. On n'imagine qu'une fois Morfay. – Elle a faim de ses origines.

Quant à lui, c'est déjà voté. Marceline. « Elle vaut mieux que la solitude. J'en ferai ma vocation. Mon illumination. Je serai père par désespoir. Son ami. Son éclaireur. »

Nous serons à nous pour toujours. Nous vous écrirons de grands livres. Ils s'appelleront *Le Pain et la Pitié*, ou *Le Lendemain des Étoiles*. De grands livres pour vous, le peuple. Et nous irons à la moisson comme les souverains d'Égypte, après les processions de robes, après les jours d'ancienne colère, les fours et les jardins empuantis.

7.

Le garçon sauvage
regarde la plaine
et ses mains sont pleines
de blé qu'il écrase

chante-t-elle, et les moissons reprennent à pleines orgues, de toute la chaleur de leurs orgues où caquètent les coquelicots.

Défilé de poules sur le midi. Sécheresse immense. Hymen. Coiffure de blés. Beautés atroces.

Marceline prend sa tête qui fond et la plonge dans les fontaines. L'eau meurt. Le goudron bout. Querlas s'enfonce avec son église rousse, ses ruelles assassinées, dans le silence du soleil. Et partout la terre craque comme une peau, la peau d'un renard écorché. Partout, le soleil-Moloch en blocs fait éclater les moulins.

Marceline vient rafraîchir ses yeux et sa cervelle à l'abri des volets de la buvette. Anna recompte les bouteilles. Les mouches filent du soleil. Morfay boit lointainement dans l'ombre où l'alcool et les bonbons tissent une trame à son illumination : *C'est bien ça. La bombe atomique approche.*

– Hein, m'sieur Morfay, qué temps pour la moisson ! Alors !

– Alors quoi ?

– Hé ben… jamais vu ça d'mon vivant.

– Moi je l'ai vu. Des gosses qui crevaient partout. Des rivières à sec. Faut pas vous en faire : après ça sera le déluge.

– Ho ! j'me plaindra pas mé, si ça fait marcher l'commerce.

– Peuh, vous vendez que de la limonade.

– Non, m'sieur Morfay, du rouche aussi. T'nez, regardez mes *rayons* !

– Nom de Dieu, dépêchez-vous de remplir ça.

– C'est quand, la moisson chez la Louisette ?

– Dans trois ou quatre jours, je crois. Grouillez-vous. Là-haut on a soif.

Marceline regarde la moisson au fond de son verre. Elle y voit une mouche morte.

– Cochonnerie ! Les mouches tombent de tous les coins…

Ma grande moisson ! Mon Albert blond au chapeau de paille sur l'oreille. Mon Albert aux muscles noirs, au sperme trop violent ! Cicatrice de mon œillet ! Mon dragon libre debout sur sa moissonneuse-lieuse, mon Toutankhamon-Attila ! – Ma vengeance !…

Morfay surprend le sourire de ses paupières. Elle s'amuse contre le rebord de son verre, elle est en train de se moquer de lui, de le détruire.

Celui que j'appelais dans mes rêves… ce n'était pas toi. Lui ce n'est pas toi. Lui, c'est le ventre blond. Les casinos sur la mer. L'aventure. Lui me suivra. Je volerai les économies de Jeanne. Nous partirons. Je t'abandonnerai. Hein, qu'est-ce que tu deviendras ? Plus de Marceline. Plus rien. Tout seul dans ta maison pourrie avec le fantôme de Mauda, Mauda ton seul amour, *ton misérable amour*, Ta Mauda. Tu pourras m'appeler, tu pourras hurler dans la Vallée. Fouiller Querlas. Fouiller le monde entier. Je serai partie avec mon amant.

Oui, je te vois, je sais où tu veux en venir. Mais je serai pas ton jouet. Tu pourras pleurer dans ton lit plein de puces. Crever de maladie. T'ouvrir les veines si ça t'amuse. Fantôme, toi-même. Fantôme de tout ce que l'on peut rêver. Homme *irréalisable*. Mort.

– Qu'est-ce que tu as à rire comme ça ?

– Oh ! rien du tout, je pense à la sécheresse…

Elle m'inquiète avec ses yeux brillants. Celle-là me prépare un coup. Dieu sait quoi. Cet Albert, peut-être. Tiens, tiens… Faudrait que je la tienne. À visser.

Moisson noire. Lumière de craie. Appétits géométriques. Dans les polygones célestes, parmi les œillets de midi, ronflent les carrières solaires.

Marceline observe Albert entre deux haies.

« Dire que je l'ai eu sur moi ! Comme une idiote je… » – Morfay vient de la surprendre.

– Qu'est-ce que tu fous là ?

– Tu vois, je regarde. Je regarde le beau blé. Les beaux champs.

– Et lui ? Tu ne le regardes pas, lui, par hasard ?

– Aussi, bien sûr. Et je pense que, le pauvre, il va prendre une insolation.

– Ce serait dommage, en effet.

Albert, allongé sur la terre frauduleusement nu, fait l'amour avec le soleil.

– Allez viens, grommelle Morfay, c'est l'heure de casser la

croûte. Si tu restes là, c'est toi qui la prendras, l'insolation. d'ailleurs tu n'as pas à rester là.

« Tiens, les bons sentiments, s'amuse-t-elle. Ça l'ennuierait donc que je reste ? »

– Moi je n'ai pas faim. Je prendrais volontiers mon bain de soleil…

– Tu feras ça chez Louisette si tu veux. Pas ici. Allez viens !

Il lui prend le bras.

Marceline se dégage.

– Et puis je n'irai pas chez Louisette aujourd'hui !

– Bon, bon. Alors où veux–tu ?

– Je verrai bien.

Morfay s'assied sur le bord d'un talus.

« Voilà qu'il ne veut plus me lâcher maintenant. C'est amusant, s'excite-t-elle. Mon petit papa jaloux ? Pas possible ! »

– Tu n'as pas besoin de m'attendre. J'irai toute seule !

– Où ?

– Où je veux, pardi.

– Ho ! ho ! Mademoiselle prend ses aises ? Tu t'émancipes ? raille-t-il.

– Et pourquoi pas ? J'ai dix-huit ans !

– Cela revient à dire que tu es encore une branleuse, quoi.

– Comment ? fait Marceline – elle sent la colère monter – ça te ferait enrager que je m'émancipe ?

– Émancipe-toi, bijou !

Elle se trahit par un mouvement d'impatience.

– Allons, tu n'as pas l'air très convaincue…

– Toutes mes chances sont dans ta balance, siffle-t-elle.

– Hé ! hé !

– Suppose que je disparaisse, un jour ?

– Je te mettrai la police au derrière.

– Mais si l'on ne me trouve pas ? Si je suis mariée ? Chanteuse à Las Vegas ?

– Voyons, Marceline, et mon autorisation ? Qu'est-ce que tu en fais de mon autorisation ? D'ailleurs, chanteuse à Las Vegas…

– Alors, sans ton autorisation, zéro ?

– Absolument, ma cocotte. Je t'ai fabriquée pour quelque chose, non ? Pour mon plaisir, peut-être, c'est un fait ; mais enfin je t'ai fabriquée, tu es là. Par conséquent, mes droits d'auteur ? ne me lance pas sur ce chapitre, veux-tu ? De toutes façons tu perdras.

– Je vois : tu as toujours eu des esclaves. Des femmes en particulier.

– N'insiste pas, surtout, prévient Morfay qui commence de se déchausser.

– Tu ne m'empêcheras pas de dire ce que je pense, crie-t-elle. Moi je ne suis pas Mauda ! – La chaussure de Morfay vole, échoue.

– Salaud ! Je me plaindrai partout, je dirai tout ce que tu fais. La façon dont tu nous as traitées. Tout. Je te dénoncerai !

Morfay s'ouvre comme un géant, s'étire… et bâille.

Paisiblement :

– Pauvre merdeuse… pauvre petite merdeuse…

– En effet, il n'y a pas à insister, dit Marceline. C'est à cause d'Albert, tout ça. Mais, d'Albert, je m'en occupe.

Nuit d'ivrognerie au bourg. Les noces de la petite charcutière. « Tous les saucissons qui s'y manipulent ne sont pas pur porc », Morfay *dixit.*

Le vin chavire sous les fenêtres bleues. Voiles d'épousée et vomissures. Peut-être un lit taché de sang « quoique cela m'étonnerait, la petite n'est pas pucelle, toutes ne peuvent pas mourir sur un renard ». Des goulots claquent. Le vin fait un bruit de baquets de bouchers. « Ce qu'elle m'a dit ce matin, cette merdeuse. *Moi, je ne suis pas Mauda !* Faut du courage, je reconnais. Mais le meilleur tour à lui jouer maintenant, c'est que j'épouse la Jeanne. Ce jour-là, je serai vraiment son père. »

Morfay, sûr de lui, traîne Marceline vers la maison. Ils chantent tous les deux. Ils se donnent des tapes.

– Copains-copains ?

– Copains-copains.

« Ma petite fille ! Décidément je m'obstine à la faire souffrir. Ses larmes l'autre soir à cause de ces sacrées lettres... Hé ! mais, c'est qu'il y a tout en elle, ma mère, ma femme, Mauda ! – Marce, mon joujou, mon pain de seigle... »

– J'étais idiote ce matin, je ne t'ai dit que des bêtises. C'était pour parler.

– Tu sais, j'ai bien cru qu'Albert et toi ?...

– Tu es fou ? C'est ridicule. Lui c'est pour le faire marcher.

« Mon papa retrouvé ! comme je suis méchante ! Tu es vraiment le monde entier. »

Ils entrent dans la maison chaude. Ils regagnent leurs trous à puces.

Au milieu de la nuit :

– Papa ?

– Ma biche ?

– Tu veux vraiment te marier ?

– Ah bien ! tu sais, elle a des ronds...

Marceline se voit à la noce, voilée d'œillets, des œillets blancs. « Voilà que je me prends pour la mariée ! »

Lui :

– Tu ne dors pas ?… – Viens là bavarder si tu veux.

Marceline vient. Enveloppée de voiles, elle a l'air d'un crépuscule en visite.

– Tu sens bon, dit Morfay. Tu sens le dehors, le trèfle, je ne sais quoi.

– Dis que je sens le vin, tant que tu y es ! attaque-t-elle.

– Non, je ne trouve pas.

Il lui sent la bouche. « Bon Dieu, bredouille-t-il, serai-je son père un jour, seulement un jour, une seule fois ? »

………

Elle s'écrase en arrière, renversée par une bouche aiguë.

Lui s'arrache le premier. La soulève. La porte, nue, jusqu'à la peau de renard.

8.

Lumière, tu me déchires. Matin, torture ancienne, c'était donc cela ? Cela, tes forêts fumeuses, tes soleils ?

Œillet, tu me fais mal. Ta blessure saigne, mon œillet gâché. Tu cries.

Il faudra d'énormes années pour que je reprenne goût au matin. Des tonnes de moissons, des montagnes de fumier. Prisonnière des processions de rayons rouges. Enfermée au fond de la Vallée avec le ciel sur la tête en guise de pierre. Avec les insultes des pies en guise de verdict.

Lumière, c'était donc cela le bel été que tu préparais ? Et mes casinos sur la mer ? Et mes routes, mes pauvres routes ?

Rappelle-toi pourtant. Un point s'enferma dans l'œil du silence. Ce jour-là. J'étais heureuse. Je ne savais pas que cette malle de pension équilibrait ma vie. Je lui donnais des coups. Je provoquais l'orage.

Ma vieille moisson !… Ma rivière brûlée !…

Et Marceline a couru vers Albert. Il s'est noué à elle, ils ont roulé dans le blé, dans le foin des granges, dans leur amour. Elle s'est accrochée à lui jusqu'à s'abrutir de plaisir. Mais une épine était au fond d'elle, plus tenace que le désir, plus meurtrière que la lune dans les songes…

« Que fait-elle, où est-elle ? Soleil tout désolé. Me fuir ? Ha ! peut-être, c'est bien normal. Nous étions soûls, nous tenions à nous pardonner. Où est-elle ? Tout désolé. Je ne sais plus ce que je dis. Sourd de mémoire. Fou. C'est trop stupide. Lire. Faire semblant de l'attendre. Quoi ? Que s'est-il passé ? C'est notre faute. On partage. C'est notre faute. Qu'est-ce que je lis ? *L'Union Soviétique se figurant que l'Occident est en pleine crise…* En pleine crise ? Hein ? *Grèves dans toute la France. Les communistes à la tribune.* Qu'est-ce que je lis ? *La fillette se tue.* Comment, la fillette se tue ! Comment s'est-elle tuée ? Peuh, c'est un vieux journal, un journal d'il y a mille ans… Au fait, j'ai rêvé, ça n'est pas possible ? La bombe atomique… on peut penser à ça ?… – Qu'est-ce qu'elle fout, elle fait sa tête de cochon ? Ha ! ça, je vais la sermonner… La fillette se tue, la fillette se tue, imprimer des conneries pareilles… Nom de Dieu, j'ai tué Mauda le jour des citernes… Marceline ? Marceline ? »

Des pages de Marceline, des torrents de Marceline. Des accalmies, des mieux, des douleurs, des rages, des haussements d'épaules, des « peuh ! », des symphonies de Marceline, des ricanements, de la philosophie, des appels muets dans le brouillard des nuits au milieu de la chambre vide. Le cercle infernal des grillons. Puis une décision farouche. Un recul. « Non, elle reviendra. » Des pressentiments très graves. Des constatations alarmantes. « Et si c'était la solitude pour de bon ? » Des visions de Mauda. La peau du gland qui brûle. Les souvenirs en salade verte et orange. L'ivrognerie. Les vomissements. Il croit poser le pied sur un crapaud, c'est un livre – *Le Roman de la Momie.* Et toujours Marceline au fond. La proscrire. Les heures à tisser de suie, d'alcool, de grillons : « Dans trente secondes, elle sera là… Dans une heure… Dans deux jours. »

Et l'épouvante. Rien. Les nuits blanches de la moisson. Le déluge. L'inconscience. Masturber le coin d'un mouchoir pendant des heures. Marcher. Faire des kilomètres de chambre. Les giclements de sperme sur la glace. Grogner. Appeler. Ne plus oser appeler. Se laisser écraser par le silence, fasciné par la marche horizontale des moissons. « Bientôt la moisson chez la Louisette. Marceline, reviens-moi ou je monte chez la Louisette, ou je fais fouiller le pays… »

Mais la nuit ne peut rien non plus. Un éclair parfois essaie un SOS, comme cela, par compassion.

Marceline ne revient pas.

L'amour chaud a rouvert les granges avec le visage d'Albert… les muscles de son ventre – fureur blonde… les cuisses de colosse peintes en or… les paupières qui se tirent pendant l'amour – Albert… les décharges dans les biceps et dans les cuisses… Albert, sa « crapule d'or »…

Renversé sur le dos, les bras enserrant les reins cavaliers de Marceline, il la goûte – sa langue redessine la spirale autour de l'ombilic, repasse dans le pli des noces, le fulgure…

Elle se cramponne à lui pour jouir… soumise… intimidée par cette ferveur…

– T'es meilleure que le pinard, meilleure que tout, j'ai jamais vu ça…

Les mains de Marceline explorent les collines pectorales… Découvertes. Le cœur et ses affluents… elle y jette fougueusement ses seins, et ses seins écoutent les cœurs qui s'essoufflent à contretemps…

« Si j'étais tranquille, il battrait avec le sien, mon cœur ? Qu'est-ce que j'ai ? s'analyse-t-elle. C'est comme si des tas de malheurs m'attendaient à la porte, là, c'est comme si la fin du monde approchait effectivement. Et pourtant… Pourtant rien dans la lucarne que le ciel blanc de chaleur… rien que le grand silence de la terre. »

– Tu r'gardes quoi ?

– Rien… je pense…

– Tu penses tout l'temps. Tu penses à moi ?

– Nan.

– J'tai pas fait du bien ? chuchote-t-il avec humilité.

– Mais si…

Albert cueille les seins de Marceline, ces petites poires jaunissantes qu'il violente ! – « Quel rapace ! » – et les seins de Marceline lui dégringolent entre les cuisses vers la prison de ses genoux : sous les cheveux de Marceline, Albert s'érige, colonne d'or et couilles fauves, sperme, miel noir… Sa verge, son ventre-refuge ! Oublier dans cette savane odorante… se laisser enfourcher… secouée comme un sac à plaisir… pleurer au-dessus de ces yeux vides…

– T'es drôlement belle quand tu pleures ! Mais faut pas que tu pleures, t'es trop belle : après j'pourrais pus t'salir…

– Salis-moi, pleurent les yeux de Marceline.

– Qu'est-ce que t'as dans les yeux ? fait-il alors, ça bouge… on dirait la forêt du Loup…

– Ne déraille pas… Il n'y a rien dans mes yeux… ni dans les tiens, d'ailleurs… de la blague tout ça… des romans… L'amour !… n'importe quel crétin éprouve le besoin de se chantonner toutes sortes de phrases, je ne sais quoi, on dirait que ça les distrait… quand ça ne les fait plus jouir !… et puis ça les rassure… Ne discute pas, toi, ce serait trop dégoûtant si tu te prenais au sérieux comme les autres… fais ton boulot, c'est bien meilleur… Si tu n'es pas encore à bout, recommence, fais-moi du bien…

Qu'il pénètre. Qu'il entre dans mon autre amour comme dans un sac de vent. Qu'il m'arrache cet amant en bottes, cet amant noir, perdu, sanglotant, abominable. Qu'il le tue ou qu'il me salisse jusqu'à l'usure. Alors je l'aimerai, peut-être ; alors je le prendrai dans ma tête et dans mon ventre à la place de Morfay.

– Va le plus profond que tu peux, s'écarte-t-elle.

Albert s'épuise, se recroqueville… Plusieurs éclairs… Marceline perd pied… tourbillonne… tend les mains vers un horizon où s'égarent deux silhouettes un jour de juin… « P'pa… P'pa… »

– Tu parlais, détonne Albert, t'appelais ton père.

– Parce que tu me faisais mal… tu vois… je saigne…

– Bouge pas, j'vais aller prendre mon mouchoir…

Reconnaissante, elle admire le balancement du sexe blond dans le ciseau des jambes. « Les casinos… la mer… Partir… » Envol de vagues…

– Alors, nous partons ensemble ?

– Hein ?

– Oui, j'avais pensé que…

Le voilà lancé dans le rêve de Marceline, au long des rudes mers graveleuses de Marceline. Leurs foulards roulent dans le vent. Au fond c'est le casino, c'est le soir ; une musique lente s'asphyxie. Le casino ? Désert. On s'y ennuie à crever. Mais les marées, les goémons, mais les plages dans l'équinoxe, verticales... Ils s'aiment pour se le dire. Marées, morgues... Contraste... Ici, ne pas trop fixer les pierres, les étoiles. Dangereux... Elle constate : « Je perds la vue... Je perds l'ouïe... Je perds l'odorat... Je perds son corps... J'efface... » Morfay n'existe plus en elle. C'est fini.

Ni l'un ni l'autre ils n'ont conscience de l'ombre qui s'est avancée sur la montagne de leur spasme, l'ombre d'une bouteille verte, cette bouteille qui dormait depuis cent ans au fond d'une poutre de grange, cette bouteille qui cuvait son vin, cette bouteille ivre-morte, illuminée, acide, anguleuse, hallucinante.

Marceline, la première, rencontre les yeux blêmes de Morfay.

Elle les arrête.

Elle ne fait plus un geste, elle se laisse dénouer par les doigts de son amant comme une chose morte.

Elle va choisir.

« Albert ne peut pas le voir... et si je crie... »

Terriblement pâle. Elle a, malgré tout, la force de lui cligner de l'œil : « Sois gentil, ne fais pas ça. Lui, c'était du jeu. »

Albert, pendant ce temps, continue de lui baiser le ventre et les seins.

– Tu grelottes comme si t'avais froid, comme ça, en plein été... Marce doucette, va...

« Grâce, grâce pour lui ! crient les yeux de Marceline, c'est moi la cause de tout, je me suis donnée... Parce que, tu le comprends bien, avec toi c'est si différent, notre amour nous devions le cacher, le défigurer, l'ensevelir... personne ne devait le connaître... Lui, Albert, il nous rendait ce service-là... »

Les yeux de Morfay ricanent : « Tu le défends parce que tu l'aimes, parce qu'il te fait jouir, parce qu'il est jeune, hein ?

Moi je suis fripé, je suis un intellectuel déchu, mon corps ne vaut pas celui d'un garçon de ferme, c'est ça ? Pourtant tu as hérité de mon esprit, en cela tu es bien la fille de ton père, tu as couché avec moi sans rechigner, tu voulais que je t'aime aussi… Alors ? Alors je te garde, tu es à moi, sa vie et la tienne sont là dans ma main. La tienne j'en ai besoin, elle me servira. Quant à la sienne… »

Les yeux de Marceline : « Ne fais pas ça !… Tu seras condamné… »

Morfay condamne lui-même : « Le bagne ? Pour t'avoir défendue contre ce voleur ? Ah ! sûrement pas… Tu vois, que je te tiens !… Tu es bath, ha ! tu es bath avec ton sauveur, la merdeuse émancipée, la chanteuse de Las Vegas ! Hein que tu crèves de peur ?… Le sang de ton vacher te coulant dessus comme ça ? Non ? Il n'y a pas de quoi devenir folle ? »

– Albert, enlève–toi ! se déchire-t-elle.

Mais Albert s'est écroulé aussitôt, son nez a buté dans les dents de Marceline.

– Papa ! Non ! Ne frappe pas ! Ne frappe pas !

– Regarde-le donc, ton bel Albert, – Han ! Han ! – regarde-le donc au lieu de gueuler comme ça !

Morfay s'arrête.

Lentement, lentement, les yeux d'Albert se voilent entre les poings de Marceline, lentement, lentement le soleil meurt contre ses seins, les casinos s'ensevelissent. « Atroce… L'avoir eu sur moi… dans ma bouche… dans mon sexe… et le voilà qui meurt peut-être… Vomir… »

Morfay soulève la tête de feu – les yeux voyagent…

– Tu vois… tu vois ce que tu as fait avec ton inconscience… ta grande faim d'amour… où ça l'aura mené… l'hôpital et le reste. Petite putain !

Alors elle se dégage, elle se rue, libre planète, et elle crie, elle crie plus loin que le ciel et que le soleil. Que son cri la dépasse enfin, et l'emprisonne, et la divinise, que les solitudes en résonnent universellement :

– Tue-le !

Et elle s'effondre dans ses cheveux, dans le désordre, dans les miettes de Toutankhamon-Attila, noyée, emportée par les fleuves de vie, rayée du printemps, rayée de l'été, purgée, par ce hoquet de délivrance, de l'œillet et de ses tumultes, de la mort et de ses complexes.

Sauvée. Ou presque.

9.

– Marceline, où vas-tu ? Marceline, tu es folle ! Marceline, reste avec moi ! Marceline, je t'adorais ! Marceline, tu auras des arbres, des fermes, des églises ! Marceline, je t'achèterai les montagnes ! Marceline, nous ferons de grands voyages ! Marceline, il faut que tu m'écoutes ! Marceline, mon univers ! Marceline ma Lorelei ! Marceline, ma châtelaine ! Marceline ! Marceline ! Marceliiiine !

Cramponne-t-y, Morfay. Quitte tes bottes. Cours, Morfay. Galope. Rejoins-la. Barre-lui le passage. Emporte-la.

– Marceline, tu verras : tu auras tout ce que tu veux. La terre à tes pieds. Le soleil. Les foules t'acclameront. Quand il pleuvra sur tes chevaux, on arrêtera la pluie. Je te le jure. Je ne délire pas.

Marceline la toute-nue n'est plus que nuage, divagation. Morfay court dans le soleil haletant.

Elle lui fait un signe atroce : celui de l'adieu définitif.

– La mort ! *J'aurais dû m'en douter plus tôt.* La mort ou la folie !

Il se jette à la moisson.

Arriver le premier.

Surtout Morfay, l'empêcher de s'échapper. Et crier est inutile. Il existe d'autres cantiques. La bombe. Rappelle-toi la bombe. Le feu. La folle. Tes visions. Que ton intelligence soit l'éclair dévastateur !

Incendier tout… Le châtiment…

D'un coup il arrache sa veste, y met le feu. Sa chemise déchirée, il court jusqu'à l'angle des blés, craque à nouveau des allumettes.

– Marceline tu ne m'échapperas plus. Le monde va brûler. Tes chances, je les ai là dans ma balance. Regarde le feu se faire. Tu penses, avec cette sécheresse !

Tout doucement d'abord, la moisson s'enflamme. La fumée se fond avec l'air.

– Marceline, retourne ! Retourne ! Tu ne passeras pas. Regarde un peu comme ça brûle !

Morfay continue de jeter des allumettes, la moisson d'éclater : « Pff ! Pff ! »

– Tout va brûler ! La gare va brûler ! Querlas va brûler !

Marceline s'arrête, un pied en l'air, et s'immobilise. effarée. « Non, non ! »

– Ce sont les moissons qui brûlent ! hurle-t-il. Fais demi-tour !

Marceline tourne les fesses et reprend sa course. Vers la forêt.

– Elle veut vraiment fuir. Elle veut vraiment me quitter. Je vais mettre le feu là-bas.

Morfay repasse la moisson.

– Ah ! Tu veux t'échapper ? Eh bien allons-y ! Toute la campagne va y passer !

Marceline dépêche-toi ! Le feu t'aura vite rattrapée. Fuis

plutôt vers les terres désertiques. Tu as six kilomètres à faire. Et la forêt est si longue !

Marceline chute, s'écorche. Sa bouche s'emplit de sang. – « Non, non ! »

Le double point d'or de sa gorge s'égare, déraisonne, saute d'un arbre à l'autre dans la forêt qui crie.

Morfay allume le premier arbre sec. Celui-ci lève les bras au ciel : « Du feu ! Quelle aubaine ! »

Allumer les quatre coins de l'horizon. Un incendie sans précédent dans l'histoire du monde. Ha ! Ha ! Ha ! la Marceline ! Tu me reviendras toute noire, toute en larmes, toute consentante. Ou alors tu brûleras vive. C'est à choisir.

L'horizon ouvert en deux crachera ses fagots de langues vers la lune, vers les planètes.

– Ce sera la merveille épouvantable, le suicide des terriens, l'Apocalypse ! hurle Morfay. Ha ! ils ne savent pas ce que c'est que la fin du monde… Hé bien ce ne sera pas un petit fait divers local ! Le grand scandale ! Le grand scandale !

La forêt ramasse ses jupes, se met à courir, à courir poursuivie par les moissons.

– Où est-elle ? Marceline ?

Rien. Nulle part. Au loin, la rumeur du bourg : « Assassin ! Mangeur de filles ! Tu peux compter tes minutes, tu vas être traîné sur les cailloux. On t'arrachera les yeux et le sexe, et ta maison sera brûlée avec le reste de ton corps. »

– Marceline ? Marceline ?

« Elle ne te répond plus, ta Marceline. Tu l'as violée. Tu l'as tuée. Comme tu as tué sa sœur. Et sa mère. Et ta mère. »

– Vous mentez ! Mauda je l'ai adorée. C'était mon idole, ma respiration.

« Mais l'autre, l'autre ? »

– Marceline ?

Le feu sursaute. Le feu rit. Le feu s'amuse.

Morfay s'élève, halluciné.

– Reviens ! Je te donnerai des volcans, des chars, des voitures rouges, des casinos sur la mer et ailleurs. Mais reviens, reviens-moi, ma petite Marce adorée, Marce, ma Line, mon nénuphar ! Reviens ou je vais mourir.

Alors il se fait un silence éclatant. « Je vais mourir. » Le soleil bouge. La terre lâche un grand soupir. « Tu ne sais pas ce que sont la mort et la torture. »

– Si, j'ai souffert. J'ai souffert d'amour. J'aurais donné ma vie pour la sienne. Pour elle je me serais fait ouvrir. Pour ses yeux noirs.

« Pourtant, tu l'as reniée, fait la terre. Quand tu as découvert ce portrait de sa mère qu'elle t'avait caché toujours, tu as crié : *Qu'elle soit maudite !* »

– Mais je l'aimais !

« Tu ne l'aimes plus donc ? »

– Si, je l'aime ! C'est mon amour, ma Dette, ma Line, – je ne sais plus. Marceline ?

L'incendie hausse les épaules.

Le soleil tourne.

Marceline, ivre avec ce soleil à ses trousses, court vers la rivière du Loup. Une lumière la renverse : « Les chaises, l'argenterie, le buste !... » Mourir pour mourir... Elle hésite. « Tu dois vivre ! » hurlent les oiseaux trahis. Elle hésite. « Qu'est-ce que ça peut faire ? Nous brûlons bien, nous », disent les arbres. Elle hésite. « Fuis donc le feu comme on fuit le déshonneur », chuchote le filet d'eau de la rivière. Elle hésite. « Viens avec moi, je suis amour, ronronne le feu. Je suis ton père. »

Morfay a cru l'apercevoir.

– Marceline, il faut revenir. J'expliquerai tout aux gendarmes. Ne me laisse pas mourir.

La terre tourne. Un merveilleux visage apparaît au haut du cratère d'arbres. La Trine. Marceline tend les mains, le corps.

– Tu vas brûler, hurle Morfay. Cours, va-t'en !

« Viens te reposer dans mon eau », pleure la rivière du Loup.

– Il faut que je me relève, se raisonne-t-elle, il faut que je me relève et je ne peux pas.

Des millions d'insectes se débattent, l'escaladent, filent en cortèges bleus et noirs – cancrelats, cloportes, araignées, ils empiètent sur la forêt vivante. Des écureuils, des oiseaux tombent tout rôtis du ciel ; des lapins brûlent.

Morfay voit briller la mort dans l'œil de ses pies. Les petites pies de Mauda. Mauda-Marceline. Marceline-Mauda. La forêt morte et la forêt vivante. Marceline, la forêt qui va mourir.

« Ne la tente pas ! persiste la rumeur du bourg. Elle, peut-être, sait mourir. »

– Marceline, la terre brûle, le monde brûle et toi tu vas brûler aussi. C'est la fin de l'année solaire, rappelle-toi ! C'est la fin de la lumière. La fin de Dieu.

La Trine a disparu du cercle de nuages.

Marceline s'est relevée. Direction la colline. « Les chaises ! L'argenterie ! Le buste ! »

L'Égypte !

Derrière elle, derrière Morfay (le désespoir de Morfay : « Toute folle !... Je ne veux pas ! » Car il ne veut pas, il ne veut plus, elle est pour lui – la seule issue : un crépuscule épais, le train de la Vallée, eux ensemble, face à face sur les banquettes, un crépuscule sans mouchoirs, pour un paradis anonyme, eux ensemble, la maison sur la colline au loin déjà, Mauda, la maison prise dans les toiles d'araignées comme un hollandais fantôme, eux ensemble coupés de ce très vieux hollandais et déchirant la dentelle d'un crépuscule d'escarbilles, teuf-teuf-teuf, hi ! la maison qui tourne et que l'horizon avale – et alors – oh ! alors, dernière vision : les femmes, les trois femmes sur le perron qui tourne, les trois femmes portant trois lampes, les trois flammes, Mauda Ire, Mauda IIe, et le cadavre de l'été, l'été raté, l'été volé, la transparente, la Lorelei, elle la Trine, l'Allemagne, l'Allemagne près de Mayence, la maison de Mayence, la maison de Querlas, le mariage d'amour, la maison du mariage d'amour, la maison qui tourne avec ses trois flammes et ses terrasses tout autour, la terrasse de ses trois femmes, Mauda Ire, la chaise, le tricot, le soleil, la tendresse, le bain, l'éducation, tout ce que l'on peut rêver : jouets mécaniques, livres immenses avec des plages au lieu de pages, des gouvernantes anglaises de vingt ans, l'école, Saint-Cyr, les fugues, les insultes, le pardon, la mère, l'amour filial, la philosophie, la conversation, le choc : et Mauda IIe avant Marianne, car Mauda est, entre les saintes, la sainteté, la pureté, la beauté – MAUDA ! – la peau de renard, le sang, la fille, le baiser dans le corridor, ce baiser ne peut pas mentir, ce baiser me torture, Mauda, les genoux égratignés, Mauda-trèfle, Mauda-la-Dame, Mauda crucifiée sur le corps de sa Trine, Mauda, le fouet, les larmes, la fierté, la plus brillante des trois flammes sur le pont d'un très vieux hollandais englouti, Mauda dont on le coupe à jamais puisqu'il faut partir… avec un billet de chemin de fer, avec de l'argent volé, avec une enfant violée, sa Marceline, leur Marceline, la fille de Mauda, la fille de la Lorelei, la dernière, leur dernière chance – « Marceline, je ne veux pas te voir mourir. Écoute-moi ? Je m'explique. Ho… comment t'expliquer cela… Je suis prêt à tout abandonner… pour toi… nous allons nous sauver ensemble… nous irons loin… dans des villes… reviens… Tu veux me suivre… nous pouvons encore gagner !…) derrière, le feu, le feu, le feu ; les moissons brûlent sur des kilomètres ; les paysans, le bétail courent ; le linge brûle ; le ciel charrie des cimetières ouverts dont le plus verdâtre dégoutte au long de la campagne en dislocation parmi les moissons hurlantes et sur la forêt prise dans les tenailles du soleil. Les tenailles cèdent ; la forêt vomit, s'effiloche – éruption d'arbres flottant sur le monde ; – les moissons cavalent ; les moissons appellent ; les moissons prient ; la maison de Morfay se terre dans la colline au sommet des bombardements extra-splendides ; des milliards d'oiseaux déséquilibrent le soleil – « Au revoir ! Au revoir ! Au revoir ! » – les moissons montent et redescendent, pillées par les flammes et la colère ; les moissons laissent tomber leurs chaînes avec leurs mains coupées pour entonner leur formidable chant de mort ; la terre vrombit ; la terre flambe comme une écorce de renard ; – odeur solaire, odeur noire et verte, boîtes à perles de Mauda ! – les routes se gondolent, giclent ; l'horizon s'éclabousse ; le feu se tourne dans le lit des rivières ; le feu, le feu, le feu ; la forêt piétine dans un tremblement d'invasions barbares ; la forêt se gonfle, s'embourbe, s'arc-boute, gifle le ciel ; les grelottements et la grêle verte la flagellent ; comme cerceaux circulent ses ruées artérielles ; hymne, s'arrache ; herse, force, se concentre ; paralyse de son déferlement somnambulique l'astre ; s'axe, s'écoute, grince ; s'ouvre sur une effroyable vermine qu'hébergèrent les duvets lunaires ; expulse ses salves d'oiseaux en sang, se détraque, se tord, monstre d'enfances, erre ; et comme un paravent, comme un paravent d'artifices éclate, dans les rouges, les blancs, les bleus, les écarlates ; se rue vers sa fin immense – regrets d'ailes, tout se convulse, communion universelle – et magnifiquement, levant les pierres triomphales, la forêt roule, déracinée, sur les prairies et se pulvérise en élargissant l'incendie, l'incendie qui éternue, l'incendie qui se mouche et qui se libère de tous les dragons aveuglants et de toutes les lunes, de toutes les bouteilles d'or, des sorcières à tête de fleur, des fourmis horrifiantes ; et tous les renards rouges, les mulots, les reptiles, les lucanes, mille-pattes, jardinières et toutes les apparitions, les dames aux cheveux bleus, Henriette et sa lanterne, le père Bibon, Marie-Troune, les naines, et tous les noyés, pendus, assassinés, montent en foules chatoyantes vers le ciel ; et le ciel chancelle, le soleil tombe comme une crêpe gâchée ; et la terre noircit ; les routes noircissent ; les talus noircissent ; les moissons noircissent ; les horizons noircissent ; Querlas bout au fond de la Vallée noircie dont les premières maisons commencent de se fracasser à coups de poutres ; et le tocsin crie à perdre cloches, les Querlasois reculent, reculent jusqu'à leur église, voient Morfay gravir la colline, Adam sans Eve, Orphée hurleur : « Vous allez griller comme des sardines ! Ha ! ha ! ha : Le jour de la grande révolution est venu ! Ça barde dans les galaxies ! On brûle les curés dans les presbytères ! Hourrah ! »

Marceline, l'univers brûle, tout brûle, ma peau brûle. Marceline, je veux te voir encore. C'est pour toi que tout a brûlé. C'est pour toi cette Vallée noire, cette vallée qui n'a pu contenir mon amour. Cette vallée où je t'ai prise dans mes bras ; deux fois : quand tu es née, quand tu es morte. Cette

Vallée vide de toi, Marce, ma Line, vide de vous, Elle et puis toi, vide à jamais, À JAMAIS VIDE !

Marceline, les moissons ont brûlé, ces moissons qui te ressemblaient, ma Lorelei, ma poupée lointaine, mon Allemande inaccessible, mon amour qui voulait exister sans te comprendre.

– Ma fiiiiiiiille !

Voilà les trains. Sauvez les femmes. La verrai-je ?

Oui, puisqu'elle apparaît.

Elle apparaît enfin, les joues noires, la vulve en sang – déchirante Marceline attelée au rempart de flammes. Colossale et toute petite, cheveux brûlés, peau massacrée, pharaone – aigle et poulet.

Moisson noire ! Moisson sacrifiée ! Elle, debout dans la lumière sacrée, prête et serrant sur son cœur le buste d'Alberta.

Ma sainte retrouvée.

Morfay avance en avalant ses larmes, aux talons des rames de soie, empêtré dans la soie, les mots – comme en chantant.

– Marce, que puis-je te dire ? Tu es si belle, tu es si belle…

Seuls dans l'anneau purificateur de leurs fiançailles noires, nus de leur nudité première.

Face à face.

Maintenant.

Elle tend les bras.

Comme par magie.

Elle se foudroie :

– Osiris !

Elle tombe la première, dénouée de la femme de plâtre.

Feu, cristallisoir, trésor.

Sens des idoles.

Et lui, lui se traîne, sa main rampe jusqu'à la main de la

momie pour sceller cette histoire humaine d'un hiéroglyphe de peur.

Lui, hurle son faux message :
N'OUBLIE PAS ! JE T'AIMAIS AUSSI !
Dans leur cathédrale éclatée.
Dans le silence atomique
où vont des millions de chevelures.

Postface

(Préface à l'édition de 1962)

La première fois que j'ai rencontré Nicolas Genka, tout en lui me fit hérisser : le débraillé du costume, le tour par trop relâché des propos, une suffisance un peu cavalière qui tenait sans doute à la conviction qu'il nourrit d'être un écrivain-né, devaient choquer l'homme que je suis, modeste, discipliné, soucieux de la dignité du vêtement et du vocabulaire.

Je dévorai cependant, la nuit venue, L'Épi monstre *que je retournai le lendemain à son auteur, accompagné de remarques mesurées. Il y avait indiscutablement chez ce garçon un tempérament, de l'originalité, de la verve, un ton personnel, des dons, mais le sujet me repoussait. J'en admettais sans doute la donnée, comme plausible dans un monde qui ne m'intéressait que parce qu'on m'en révélait l'existence. Il y avait là de l'invraisemblable dans l'horreur, horreur morale, parallèle à celle qu'éprouvent, j'imagine, les spéléologues à mesure qu'ils scrutent les entrailles dangereuses de la Terre. Genka nous initie à ce qui se passe dans les soubassements de notre espèce. L'atmosphère est inhumaine. Rien ne s'y passe comme nous avons coutume de l'observer dans la vie courante, normale, ordinaire. On découvre, çà et là, des nappes d'abjection, des fumets de luxure propres à couper l'appétit aux coprophages. L'inceste y est le pain quotidien des familles. À rebours, la dégradation ne connaît pas plus de limites que l'intégrité. Le mérite de l'auteur, quand il a choisi un pareil univers, c'est d'en tenir la gageure, d'avoir su tendre son fil au-dessus de ces marécages pestilentiels sans fléchir, d'avoir conservé du commencement à la fin au tableau sinistre qu'il se proposait de peindre une couleur appropriée, et à sa complainte malsaine le rythme qui convient.*

Tout se serait terminé là entre Nicolas Genka et moi, si à mes critiques il n'avait répondu avec gentillesse par une lettre dont l'écriture et le style ne manquaient pas de distinction. Aussitôt de me dire : voilà un jeune homme perfectible. Je vais lui administrer une correction en règle, lui faire part de tout ce que j'ai cru remarquer de regrettable dans son allure. La diatribe était terrible, dure. J'en redoutais les suites. Eh bien ! La seconde lettre de Genka m'édifia plus encore que la première. Il se montrait souple, docile, reconnaissant : cela sans une ombre de bassesse ou de complaisance. Dès lors, je décidai de lui prêter main forte.

Ceux qui nous scandalisent un peu trop au premier abord, je l'ai constaté maintes fois, sont souvent appelés à nous convaincre bientôt de les estimer. Les défauts, qui rebutent quand ils sont de taille, étonnent, bien sûr, mais ne sont-ils pas incompatibles avec un fond de noblesse, ils se sont parfois révélés à moi comme un gage de prédestination. Ceux qui atteindront au mieux sont le plus souvent capables du pire. Chez un jeune, l'important, c'est la richesse, l'abondance du flux, dont il s'agira de régler le cours, après l'avoir dompté, s'il se montre intempestif. La révolte qu'inspirent de cyniques débuts n'est qu'une sorte de branle-bas, propre à attirer l'attention, et peu à peu le désordre le cède à un équilibre d'autant plus attrayant qu'il est le prix d'un effort généreux.

Ce qui me fait bien augurer de l'avenir de Nicolas Genka, c'est sa passion d'écrire et la connaissance qu'il semble avoir de sa méthode d'investigation. À la manière de Roger Martin du Gard, il ne construira pas froidement ses récits d'après un plan établi d'avance, il ne dotera pas scrupuleusement ses personnages d'un fichier qui lui permette de ne pas s'éloigner de leur ligne de vie. Loin de lui tout document, tout fil conducteur, toute entrave. Il ne procède pas en historien, mais en poète par incantation, un peu comme Louis-Ferdinand Céline. Ce qui l'intéresse, c'est de côtoyer les aperçus imprévus, peut-être inconnus de la conscience humaine. Il pense y parvenir grâce à une sorte de lyrisme, de magie, d'état second, d'état de transe, où le visite l'inspiration. Témoin ce passage que je me permets de citer, d'une de ses lettres, fort suggestif : « Le désordre apparent de mon prochain ouvrage correspond à quelque chose de plus profond que le parti pris littéraire. Je cherche ma dimension et je procède par couches. Je sens que je découvrirai une mine importante qui existe quelque part : il y a parfois de terribles éclairs, où l'œuvre à faire apparaît impérieuse, définitive, comme dans un rêve on verrait l'ensemble d'un livre merveilleux, toute mémoire absente. Le sublime est aux environs de cette mine. »

Marcel Jouhandeau

Table des matières

Cet ouvrage a été achevé d'imprimer pour le compte des éditions Exils par l'Imprimerie Floch à Mayenne en septembre 1999
Numéro d'impression : 46938.
Dépôt légal : décembre 1998
numéro d'édition: 5.

Imprimé en France